Grußwort

SBW – unser Name bringt es auf den Punkt: Die soziale und berufliche Weiterbildung liegt uns am Herzen. Unser vordergründiges Ziel und besonderes Anliegen zugleich ist es, von der Gesellschaft benachteiligte Jugendliche durch praxisnahe Bildungsmaßnahmen auf den Beruf und ihre Zukunft vorzubereiten oder ihnen direkt vor Ort in eigenen Werk- und Bildungsstätten eine außerbetriebliche Ausbildung zu ermöglichen.

Zudem werden Qualifizierungsmaßnahmen für Langzeitarbeitslose angeboten sowie eine öffentliche Kantine und ein öffentlicher Recyclinghof betrieben. Bei allen Aktivitäten sind die bestmögliche Qualifizierung, die Stärkung von Eigenverantwortlichkeit, Chancengleichheit und individuelle Förderung der Teilnehmer für ihre Weiterentwicklung unser Maßstab. Dafür setzen wir uns ein.

SBW steht für 20jährige Erfahrung und kompetente engagierte Mitarbeiter, die die Teilnehmer fachgerecht begleiten und betreuen. Entsprechend positiv ist die Bilanz der Teilnehmer und Projekte. Seit Bestehen konnten über 7000 Menschen erfolgreich ihre Ausbildung und Fachkurse absolvieren, um ihr weiteres Berufsleben zu meistern.

Dazu gehört auch, Projekte für Jugendliche anzubieten, die ihr ganz persönliches Interesse wecken. Die Idee des Buchprojektes, die unsere freie Mitarbeiterin an uns herantrug hat uns sofort begeistert und alle Erwartungen an Inhalt und Umsetzung übertroffen – eine echte Dokumentation dessen, wovon unser Team in der täglichen Zusammenarbeit immer überzeugt ist: Wenn Jugendliche eine echte Chance bekommen und sie mit Vertrauen und

Respekt gefordert werden, dann können sich auch die Leistungen sehen lassen.

Wir wünschen uns, dass dieses Buch viele Leser erreicht und berührt, damit Vorurteilen entgegen gewirkt werden kann und Jugendliche die Anerkennung durch ihre Leistung bekommen, die sie verdienen.

Hannover, im September 2009

Martina Laschke
Geschäftsführung

Impressum
© SBW gGmbH
soziale und berufliche Weiterbildung in der Region Hannover gGmbH
Entenfangweg 7-9, 30419 Hannover

ISBN 978-3-8391-2941-8

Herstellung und Verlag:
Books on Demand GmbH, Norderstedt

Wie das Buch entstand…..

Vor ungefähr zwei ein halb Jahren wurde ich gefragt, ob ich Lust hätte, am sbw in Hannover Rhetorik und Kommunikation zu unterrichten.

Ich?: Reiseverkehrskauffrau (letzte Position Filialleiterin bei einer Reisebürokette) jetzt Trainerin seit … langer Zeit (unter anderem für einen großen deutschen Reiseveranstalter), Dozentin für Verkaufsoptimierung, Englisch, Bewerbungs- und Persönlichkeitstraining und noch einiges mehr. Aber nicht ich bin hier die Hauptperson, sondern die Teilnehmer. Darum an dieser Stelle nicht mehr über meine Person.

Die Teilnehmer?
Was wusste ich? Jugendliche und junge Erwachsene, teilweise mit Migrationshintergrund, teilweise mit Abitur, teilweise ohne Hauptschulabschluss, auf der Suche nach Praktikums- und Ausbildungsplätzen. Anders ausgedrückt Jugendliche, die irgendwie und ohne ihre Schuld, durch das soziale Netz gefallen sind.

Was habe ich erwartet?
Ganz deutlich gesagt: Schwererziehbare Jugendliche.

Was habe ich vorgefunden?
Junge Menschen, die es verdient haben, gehört zu werden. Sie haben es verdient, ernst genommen zu werden und jede Chance, die wir vermeintlich gut erzogenen auch hatten.

Warum dieses Buch - Projekt?
Irgendwann schlug ich den Teilnehmern vor, dass wir doch zusammen ein Buch schreiben könnten. Einige waren sofort begeistert. Allerdings musste es zunächst verschoben werden. Doch

im Sommer hat mich die Schulleitung gebeten, mein Projekt durchzuführen.

In den zwei ein halb Jahren habe ich immer wieder Projekte mit wechselnden Teilnehmern durchgeführt. Diese haben wir uns vorher erarbeitet. Natürlich konnten wir es nicht immer allen recht machen. Da aber die Teilnehmer die Projekte mit entwickelt hatten, waren die meisten minder oder mehr begeistert dabei.

Ich habe in dieser Zeit sehr viel gelernt. Angefangen über Respekt, Liebe, Ernsthaftigkeit, Nähe und Distanz bis zu einer vollkommen anderen Sprache: Deutsch für junge Menschen.

Im Musikprojekt übersetzten mir die Teilnehmer Texte von „Bushido". Sie haben sicherlich herausgelesen, dass ich mich in einer späteren Lebensphase als die Teilnehmer befinde. Somit können Sie sich vorstellen, dass dies nicht ganz leicht für mich war. Aber keine Angst, auch die Teilnehmer mussten sich neuen Horizonten öffnen.

Eines Tages las ich Ihnen die Geschichte einer Märchenprinzessin in Peking vor, die ihre Verehrer reihenweise töten lies. Auf die Frage, um was es sich denn dabei handeln könnte, kam die Antwort: „Ach so ein blödes Märchen". Mein Mund hätte am liebsten gesagt: „Ihr Trottel, das ist eine Oper." Mein Bauch hielt mich gerade noch zurück. Ich sagte nur: „Das ist meine Lieblingsoper: Turandot." Ich hatte ein wenig Begeisterung erwartet, aber die Reaktion war allgemeines Schulterzucken und ein Chor, der sprach: „Dafür sind wir noch zu jung!"

Dies Projekt und auch die anderen zeigten deutlich wie aufgeschlossen und tolerant die Teilnehmer sind. Aber auch wie wissbegierig und lernfähig.

Noch etwas Wichtiges berührt mich sehr. Wenn ich auf eine Frage keine Antwort wusste, fragte ich zunächst, ob vielleicht einer der

Teilnehmer, etwas dazu sagen kann. Ganz oft kam dann eine kompetente Erklärung, aber nie besserwisserisch sondern einfach immer gerade heraus.

Aber einmal konnten sie mir nicht helfen. Im Musikprojekt übersetzten wir englische Texte in die deutsche Sprache. Ich hatte mir mal nichts Altmodisches ausgesucht sondern „Amy Winehouse" mit dem Song „Valery".

Auch wenn Sie es vielleicht nicht glauben, ich mag dieses Lied. Aber ich habe beim besten Willen nichts vom Text verstanden. Darauf richtete ich die Frage an die Teilnehmer: „Bitte erklären Sie mir doch, was der Text mir sagen soll. Das entzieht sich nämlich meiner Kenntnis." Die Antwort: „ Machen Sie sich keine Sorgen, das sagt uns auch nichts. Die säuft doch nur. Das kann uns gar nichts sagen." Das beruhigte mich dann doch, da ich an meinen Englischkenntnissen zu zweifeln begann.

Was ist das Buchprojekt?
Neun Teilnehmer (von denen ich nur drei aus dem früheren Unterricht ein wenig kannte) haben sich freiwillig gemeldet. Ihr Ziel ist es in zwei Wochen ein Buch fertig zu stellen.

Was mir sofort auffiel ist, dass sich diese Teilnehmer von meinen früheren Kursen an dieser Schule deutlich unterschieden. Sie wissen, dass harte Arbeit auf sie wartet und wollen diese auch gezielt angehen. Ihnen ist bewusst, dass sie es nur im Team schaffen können. Als solches präsentierten sie sich bereits am ersten Vormittag.

Sie wollen uns allen zeigen, dass sie fähig sind in so kurzer Zeit, wie sie sagen, „etwas Ordentliches" zu schaffen.

Ich schreibe dieses Vorwort am ersten Tag nach Beginn des Projektes. Jan, Cindy, Florian, Marcel, Angelina, Armin, Artur,

Katharina und Stephan haben bereits einen Arbeitstitel gefunden. „Wir sind nicht doof. Die Welt mit unseren Augen."

Mit Geschichten, Gedichten und Bildern möchten die Teilnehmer ihre Sichtweise des heutigen Lebens darstellen.

Sehr wichtig zu erwähnen ist, dass die ersten Geschichten und Bilder bereits vor Beginn des Abenteuers angefangen wurden. Da ich am Montag, wie die Teilnehmer sich auszudrücken beliebten, zu viel geschwafelt habe, konnte ich mir diese leider noch nicht ansehen.

Warum nenne ich es ein Abenteuer bei soviel Engagement und Begeisterung? Nun, ich habe an meinen ersten Roman fast zwei Jahre geschrieben. Aber ich freue mich auf meine Aufgabe, die eigentlich nur aus Zuhören und Feedback besteht.

Ihnen, die dieses Buch gekauft haben, möchte ich an dieser Stelle dafür sehr herzlich danken.

Wie die Teilnehmer es geschafft haben? Ob sie Spaß an der Aufgabe hatten? Ob jemand aufgegeben hat? Mehr erzähle ich an dieser Stelle nicht. Aber soviel sei gesagt, das Nachwort wird es Ihnen verraten.

Ich habe jedenfalls bereits am ersten Tag neue Erfahrungen gesammelt. Nämlich, dass diese jungen Menschen mit ihrer Betrachtungsweise der Dinge, oft Recht haben. Vielleicht werden Sie dies am Ende des Buches auch sagen. Ich, jedenfalls, wünsche Ihnen viel Nachdenkliches und Spaß beim Lesen.

Herzlichen Dank!
Ihre Ulrike Kröber

Inhaltsverzeichnis:

„Der langsame Verfall"

oder „Die Menschheit zerstört sich selbst"

Ein gegenwärtiger, allgemeinkritischer Roman von Stephan Birkefeld

Er fuhr, wie auch in den vergangenen drei Wochen zuvor, einmal mehr schwer geschafft von der Arbeit nach Hause. Es gab viele Krankmeldungen in seiner Firma und so musste er viele Überstunden machen. Steven Maulding war ein einfacher, hart arbeitender Mensch, der, wie viele andere auch, sich mit Alltagsproblemen beschäftigen musste, wie zum Beispiel dem Bezahlen seiner Rechnungen. Er hatte nicht viele Freunde und so beschäftigte er sich in seiner Freizeit meist mit seinem Hobby, dem Radio. Er liebte es Nachrichten zu hören, was in der Welt geschah und so freute er sich auf seiner Heimfahrt, als es wieder hieß: Das aktuellste aus der ganzen Welt.

Wie fast immer ging es dabei überwiegend nur um Terroranschläge, verschleppte Personen im In- und Ausland, im Allgemeinen um Mord- und Totschlag. Er fragte sich, warum manche Menschen nur leben, um anderen Leid zuzufügen. Warum akzeptieren viele nicht, dass die Welt aus verschiedenen Meinungen besteht? Wieso muss ein Mensch zum Massenmörder werden? Oder warum wird ein Mensch zum Kinderschänder?

All diese Fragen beschäftigten ihn schon sehr lange.

Als er in seiner Straße, im Herzen eines Vorortes von Manchester, genannt Lancashire, einbog war alles wie immer. Ruhe und Frieden gehörten zur Limley Grove, wie Chips zu Fish.
Zuhause angekommen legte er erstmal Mantel und Tasche ab. Sein allabendlicher Tee war schon fast ein geheiligtes Ritual und so entschied er sich heute für einen einfachen schwarzen Tee mit

etwas Milch und viel Zucker. Steven setzte sich in der Küche auf seinen Stuhl am Esstisch und nahm die aktuelle Zeitung von dieser Woche zur Hand. Dabei lief selbstverständlich auch das Radio und es lief einer seiner Lieblingssongs, Penny Lane von den Beatles. Er sah auf und lauschte den Klängen. Seine Katze Stiffi schien gerade aufgewacht zu sein und kam verschlafen um die Ecke aus Richtung Wohnzimmer. Sie strich ihm um die Beine, um ihrem Herrchen zu zeigen, dass sie wieder einmal zu lange alleine gewesen war und so stand er auf, klemmte sie sich unter den Arm und setzte sich mit ihr in der Stube auf sein Sofa.

„Na mein Kleines, wie geht es dir? Ich weiß, dass du sehr lange alleine warst. Es tut mir leid. Als kleine Entschuldigung habe ich dir etwas mitgebracht." Er stand auf, ging zu seinem Mantel und packte ein kleines Döschen aus. Aus diesem nahm er zwei Stangen mit Thunfischgeschmack heraus. Dann setzte er sich wieder. Stiffi freute sich sichtlich und fing genüsslich an ihre Leckereien zu fressen. Als sie fertig war, legte sie sich selbstverständlich auf Stevens Schoß.

Plötzlich läutete das Telefon. Stiffi schaute etwas verwirrt als Steven aufstand. „Hallo, bei Maulding?" sagte Steven. „Hi hier ist Janina. Craig und ich haben entschieden den Abend im Pub ausklingen zu lassen. Und außerdem gibt es Neuigkeiten." „In welches wollt ihr denn gehen?" „In das in der Innenstadt. Craigs Fußballmannschaft hat heute gewonnen. Das wollen wir feiern!"
Steven sagte zu und fing an sich fertig zu machen. Draußen war es inzwischen stürmisch geworden und so beeilte er sich in seinen Wagen zu kommen.

Am Pub angekommen versuchte er angestrengt einen Parkplatz zu finden. „Immer das Gleiche wenn Manchester wieder gewonnen hat." sprach er mit einem leichten Lächeln zu sich selbst. Als er nach 10 Minuten endlich einen Stellplatz gefunden hatte, stieg er aus und machte sich auf den Weg zum Pub. Janina und Craig warteten auch schon davor und begrüßten in freudig und nun merkte man ihnen erst richtig an, wie gut gelaunt sie waren.

„Lasst uns schnell rein gehen, ehe der Regen stärker wird."

Drinnen war es schon sehr voll. Kaum zu glauben, dass in dieses vergleichsweise kleine Pub so viele Menschen passen. Steven schätzte deren Zahl auf sicherlich 100 feierwütige Fußballfans. Sie schlugen sich geradewegs zur Theke durch und bestellten sich ihr erstes Bier. „Wie war es heute auf der Arbeit? Musst du immer noch so viele Überstunden machen?" fragte Janina. „Ja, leider. Die Krankheitswelle flacht nicht ab. Zu den 4 Leuten, die schon krank sind, kam bedauerlicherweise heute ein Fünfter hinzu, der scheinbar dieselben Symptome wie die anderen hat. Es scheint wohl eine neue Grippewelle auf uns zu zurollen. Aber die Ärzte sind ratlos." antwortete Steven. „Du tust mir leid. Jetzt lass uns schauen, ob wir einen Sitzplatz bekommen, damit du dich ausruhen kannst. Du hast doch heute sicherlich wieder zwölf Stunden arbeiten müssen." „Na ja, man gewöhnt sich an alles." gab er mit einem etwas verstörten Lächeln zum Besten. „Aber so schlimm ist es nicht mehr. Unser Chef, Herr O'Donolly, hat einen neuen Plan auf die Beine gestellt, wie wir mindestens alle 2 Stunden eine viertelstündige Pause einlegen können. Er ist wirklich ein guter Chef."

Als der Abend zu Ende ging, verabschiedeten sie sich voneinander. Janina und Craig sagten, sie wollen noch etwas weiter in die Innenstadt gehen, da sich dort weitere Fans trafen, um zusammen bis in die Morgenstunden den großen Sieg, wie sie es nannten, zu feiern. Steven wünschte ihnen viel Spaß und ging in die andere Richtung zu seinem Auto.

Auch wenn es ihm viel Freude bereitete seine besten Freunde wieder zu sehen, so war er doch froh als er zuhause war. Er hatte in seiner Aufregung doch glatt seinen guten Tee vergessen. Mittlerweile war er kalt und sicherlich bitter. Verständlich wenn man bedenkt, das dieser zum Abend hin nicht länger als 5 Minuten ziehen sollte und schon seit knapp 4 Stunden stand. Er räumte noch schnell auf und machte sich bereit zum schlafen gehen. Als er auf die Uhr schaute erschrak er kurz. Es war ja schon kurz nach Mitternacht und er musste doch um 6 Uhr schon wieder aufstehen. Er beeilte sich und machte noch etwas das Radio zur Entspannung an. Ohne dies schlief er schon seit Jahren nicht mehr ein.

Am nächsten Morgen stand er etwas übermüdet auf. Sein Kaffee war schnell aufgesetzt und die Maschine polterte laut. „Ich muss sie wohl wieder einmal entkalken. Na ja, vielleicht schaffe ich es heute Abend, wenn ich daran denke." Die neue Wochenzeitung lag schon vor der Tür. Er klappte sie auf, las das neueste aus der Gemeinde und schlug danach sofort das Kreuzworträtsel auf. Es war wenig schwierig für ihn, da er diesen Ablauf schon seit fünfzehn Jahren hatte.

Er war im Alter von 23 Jahren in sein gemütliches Haus gezogen, da er sich an seinem Arbeitsplatz schon damals angestrengt hatte und schnell vom einfachen Arbeiter zum Schichtleiter befördert wurde. Es hatte ihm damals von Anfang an gefallen. Zu seinen 3 Zimmern gesellten sich ein schönes, sonnendurchflutetes Badezimmer und eine gemütliche Küche. Zu teuer war es damals keinesfalls gewesen, da sich der Wert der Häuser in seinem Bezirk mittlerweile fast verdoppelt hatte. Ihm gefiel es, das war die Hauptsache. Er war ledig, hatte nur Stiffi und brauchte sonst auch nicht viel zum Leben. Es ergab sich aber leider auch nur ein einziges Mal, dass er kein Single war.

Vor etwa fünf Jahren hatte er die hübsche Diana Sarafin kennengelernt. Sie war eine Frau, die mit beiden Beinen im Leben stand und wusste was sie wollte. Sie wohnte zu dem Zeitpunkt in der Innenstadt von Manchester, wo die Mieten sicherlich nicht billig waren. Aber sie verdiente gut, hatte sich damals alles geleistet was sie wollte und war glücklich damit.

Diese für Steven besondere Beziehung ging ungefähr 4 Jahre. Leider zog es Diana in die weite Welt hinaus. Sie bot ihm an mit zu gehen. Aber er hatte sich damals schon ein schönes und komfortables Leben aufgebaut. Er hätte alles zurücklassen müssen. Sein Haus, Stiffi, Janina und Craig und viele weitere Dinge die ihm im Laufe der Zeit wichtig geworden waren. Und wie hätte er, in einem fremdsprachigen Land wie Italien, zu Anfang, denn Radio hören sollen?

Er stand vom Morgentisch auf, schnappte sich seine Zeitung, Mantel und Hut und ging zum Auto.

Es war gerade sieben Uhr geworden und die Luft war noch kühl und vom Nebel des nächtlichen Regengusses durchsetzt. Steven hielt kurz inne und ließ diese absolute Frische in Form tiefer Atemzüge durch Lungen und Körper fließen. Er fühlte sich leicht und ruhig. Sein Körper dankte ihm, indem er seinen Pulsschlag senkte und ihm ein gewisses Gefühl von Geborgenheit schenkte.

Er stieg ins Auto und fuhr los. Als er den Nachrichten lauschte, wurde ihm bewusst, dass heute kaum schlechte Neuigkeiten übertragen wurden. Hier und da wurden ein paar kleinere Eskapaden ausländischer Banken erwähnt. Des Weiteren hatte ein völlig betrunkener Mann, bei dem Versuch schnellst möglichst auf dem Fahrrad nach Hause fahren zu wollen, das Gleichgewicht verloren und war in den, zu diesem Zeitpunkt ruhigen, Manchester Schiffskanal gestürzt. „Solch ein dummer Mensch. Er hätte sich besser ein Taxi bestellen sollen. Aber heutzutage werden die Leute immer geiziger.", dachte Steven und schüttelte selbstlobend den Kopf. Dem Mann sei aber, bis auf ein paar Prellungen, nichts Schlimmeres passiert und er durfte nach einem kurzen Aufenthalt im Krankenhaus wieder nach Hause. „Und ich hoffe, dass er sich diesmal vorsichtshalber ein Taxi kommen lies." lachte der Nachrichtensprecher. Auch Steven fing laut an zu lachen.

Der Kaffee schien heute nicht zu wirken und so war seine Stimmung getrübt. Normalerweise freute er sich auf seine Arbeit. Momentan war sie anstrengend, aber das Arbeitsklima zwischen ihm, seinen Kollegen und den Vorgesetzten war wie aus einem Bilderbuch. Sein Chef war ein hektischer Mensch, der über alles darauf bedacht war, dass es seinen Arbeitnehmern gut ging. Jeden Montag, bei der wöchentlichen Besprechung, war sein Schlusswort: „Ich möchte, dass ihr gerne hier her kommt. Nur so steigt der Profit."

Er hatte wohl Recht damit. Würde er mit lockerer Hand leiten, so wäre die Katze aus dem Haus und die Mäuse würden auf den Tischen tanzen. Zudem wurde gearbeitet, um Arbeitsstellen zu erhalten und sein täglich Brot zu verdienen. Heute schien die Stimmung etwas gedrückt zu sein, als er das Großraumbüro betrat. Emma McFluherty, die Chefsekretärin, kam auch sofort auf ihn zu und sagte: „Mike aus dem Versand ist heute Nacht gestorben." Ein Moment lang herrschte Stille. „Wieso?" das war das einzige was Steven einfiel. „Du weißt doch, dass alle bis jetzt Erkrankten die gleichen Symptome aufweisen. Die Ärzte haben wohl herausgefunden, dass für die Krankheitswelle ein Virus schuld sei, das seine Wurzeln im asiatischen Raum hat. Zusammen mit anderen Krankheiten kann es tödlich enden. Man hat entdeckt das Mike Hautkrebs hatte."

Steven war sprachlos. Er kannte Mike nunmehr seit fünf Jahren. Er war ein junger Erwachsener. Mit seinen 30 Jahren stand er mit beiden Beinen im Leben. „Was wird wohl aus seiner Frau und dem gemeinsamen Kind?" fragte er aufgeregt. Emma wartete kurz und antwortete mit gesenktem Kopf: „Sie sind leider auch erkrankt. Es scheint nicht so schlimm zu sein. Aber die Ärzte rätseln noch, wie die Krankheit sich bei Kindern auswirkt. Der restliche Morgen verlief fast ausnahmslos still schweigend. Steven konnte sich gut ablenken, aufgrund der Tatsache, dass sein Schreibtisch seit Tagen mit liegen gebliebenen Aufträgen überquoll. Er arbeitete so schnell er konnte. Das Telefon klingelte.

„Guten Morgen, Chasing Limited, Steven Maulding mein Name, was kann ich für Sie tun?"

Am Apparat war ein eher ungehaltener Mann, der sich etwas verärgert informieren wollte, wo seine Bestellung über 500 Klebefolien für seine Autolackiererei blieben. Freundlich erklärte er dem Kunden, dass es momentan aufgrund der steigenden Krankheitsfälle zu Verspätungen kommen kann und er sich sofort daran machen werde, dass die Bestellung bis spätestens morgen den Versand verlassen werde. Er erklärte ihm auch, dass er das Paket erst am Montag oder Dienstag erwarten könne. Es war immerhin schon Donnertag. Etwas ruhiger entschuldigte sich der Kunde bei ihm für seine Laune. Steven könne nichts dafür, aber er brauche diese Folien dringend. Erleichtert über den Ausgang des Gesprächs verabschiedete Steven sich, wünschte einen schönen Tag und legte auf. Immerhin beruhigten sich nur wenige aufgebrachte Kunden. Im Laufe des Vormittags kamen noch etliche Anrufe dieser Art, mal mehr, mal weniger laut.

Die große Standuhr in der rechten Ecke des Zimmers schlug gerade dreizehn Uhr als Loretta, die hübsche Tochter des Chefs, herein huschte und an seinen Tisch kam. „Guten Morgen mein Bürohengst.", sagte sie mit einem verschmitzten Lächeln. Sie ging zügig um den Schreibtisch und nahm ihn zur Begrüßung in den Arm. „Wie geht es dir denn heute?" sagte sie und funkelte ihn mit ihren himmelblauen Augen an. „Etwas müde, aber ich darf jetzt nicht aufgeben. Meine Arbeit ruft nach mir." Schon lange machte sie ihm, meist sehr offen, klar, dass er sie faszinierte. Er hatte stets abgewehrt, da er in Gedanken noch an Diana hing.

Gesagt hatte er Loretta jedoch nichts und er vermied es, sich nach der Arbeit mit ihr zu treffen. Dennoch genoss er den raren Kontakt mit ihr. Sie war eine hübsche, junge Frau, die sich sehr in der aktuellen Modewelt wohl fühlte. In ihrem Alter verständlich. Aber diese Aspekte waren für Steven mitunter Gründe gewesen, nicht auf ihre Avancen einzugehen. Außerdem war sie sieben Jahre jünger als er und sie wollte immerzu feiern. „Ich habe noch dutzende von Aufträgen, die bis zwölf Uhr vom Tisch sein müssen. Aber ich melde mich danach, dann können wir gerne den neuen Koreaner an der Ecke ausprobieren." Der Tag verlief hektisch, wie immer. Das versprochene Mittagsessen schmeckte hervorragend, wenn ihnen auch nur 30 Minuten blieben.

Als er zuhause angekommen war, schaltete er, wie als hätte er einen Verdacht, seinen Computer an. Dieser hatte, aufgrund seltener Benutzung, schon eine dicke Staubschicht zugelegt.
Es dauerte einen Augenblick, bis ihm die Daten seiner alten E-Mail Adresse einfielen.

Und tatsächlich! Als er sich den Posteingang näher anschaute, entdeckte er unter den 332 neuen Nachrichten eine etwa drei Wochen alte Mitteilung. Sie war von Diana. „Ciao Steven, wie geht es dir? Ich habe von dieser enormen Grippewelle gehört, die das Land durchzieht und hoffe, dass du nicht betroffen wurdest." Na ja, mehr oder weniger, dachte er sich und ließ den Kopf sinken, da ihm Mike kurzzeitig durch den Kopf schoss. Als er weiter las, konnte er die Bedeutung der geschriebenen Worte zunächst nicht verstehen. Sein Kopf gab ihm zu verstehen, dass er sich verlesen haben musste. Er beschloss, sich eine Kanne Earl Grey aufzusetzen und im Anschluss die Nachricht nochmals zu lesen. Er wiederholte den Text nochmals laut.

„Ich werde am Freitag in drei Wochen nach London reisen, um meine Eltern zu besuchen. Ich kann leider nur bis Sonntagmittags bleiben, da ich meinen Rückflug erwischen muss. Ich hoffe von ganzem Herzen dich sehen zu können. Ich vermisse dich. Liebe Grüße, Deine Diana."

Er holte sich eine Tasse seines Tees, setzte sich an sein Wohnzimmerfenster und blickte nachdenklich in den Garten. Der Mond begann langsam sich zu zeigen. Draußen war es ruhig.

Ein wohliges und zugleich beunruhigendes Gefühl durchzog ihn. Es war eine Art Schwebezustand, der es ihm nicht ermöglichte einen klaren Gedanken zu fassen. Er wusste nicht, was er davon halten oder wie er reagieren sollte. Plötzlich durchzog ihn ein einziger Gedanke wie ein Blitzschlag. „Sie kommt schon morgen!"

Es war mittlerweile kurz nach zwanzig Uhr und so überlegte er sich, wie er herausfinden konnte, wie er sich mit ihr treffen konnte. „Ihre Eltern! Wo habe ich nur deren Telefonnummer?" Er fing an in seinem Aktenschrank zu wühlen. Als er damit fertig war, entwich ihm ein „Mist" und er suchte weiter. Nachdem er auch die Ablage in der Küche, seine Pinnwand und den Flur auf den Kopf gestellt hatte, war er der Verzweiflung nahe.
„Ich würde meinen rechten Arm dafür geben, wenn ich diese verdammte Nummer finden könnte. Ein Haus verliert nichts. Ich werde nicht schlafen gehen, bis ich sie endlich gefunden habe."
Er schaute sich umgehend in seinem Schlafzimmer um, machte, nur zur Vorsorge, einen Umweg durch das Badezimmer und setzte sich, zur besseren Gedächtnisfindung, zu seiner Tasse Tee.

Dann fiel ihm ein, dass er zwischenzeitlich nachschauen sollte, ob er genügend Geld eingesteckt hatte, um die sechsstündige Autofahrt bezahlen zu können. Er überprüfte, ob alle nötigen Papiere vorhanden waren. Führerschein, Personalpapiere, Kreditkarte und ein gefalteter Zettel fanden sich. Als er letzteres näher betrachtete, überstiegen Freude und Glücksgefühle alles bisher da gewesene. Sofort nahm er sein Telefon zur Hand und wählte die lang gesuchte Nummer.

„Guten Abend, bei Sarafin." sprach eine leise, weibliche Stimme. „Guten Abend, hier ist Steven. Entschuldigen sie die späte

Störung.", sagte er und seine Erleichterung spiegelte sich in seiner Stimme wieder. „Hallo mein Lieber. Ich habe lange nichts mehr von dir gehört. Wie geht es dir? Arbeitest du noch bei Chasing Limited?" „Mir geht es gut. Wir können uns gerne morgen ausführlich unterhalten. Ich hoffe sie sind mir nicht böse, dass ich mich heute Abend nicht lange unterhalten kann. Dianas Nachricht habe ich erst heute gelesen. Ich wollte sie nur fragen wann sie denn morgen eintreffen wird." „Wir holen sie morgen um vierzehn Uhr von Heathrow ab. Sie hat mir gesagt, dass sie sich freut dich wieder zu sehen." Eine kurze Pause schlich sich in die freudige Unterhaltung.

„Ich werde versuchen, so früh wie es mir möglich ist, nach London zu kommen. Aber aufgrund der Grippewelle, die meine Firma auch erreicht hat, muss ich mir eine Lösung einfallen lassen. Und um eines möchte ich sie gerne bitten. Sagen Sie Diana bitte nichts davon, dass ich kommen werde. Zum einen weiß ich nicht ob es morgen schon klappen wird und zum anderen würde ich sie gerne überraschen." „Kein Problem, mein Junge. Ich freue mich auf unser Wiedersehen. Dann pack jetzt deine Sachen. Würde mich für dich freuen, wenn du morgen schon kommen könntest. Einen schönen Abend dir noch.", man spürte förmlich ihr Lächeln durch das Telefon. „Auch ihnen einen schönen Abend noch."

Als er den Hörer weglegte, war er voller Vorfreude über das bevorstehende Treffen. Dennoch versuchte er beim Packen seines Koffers fast krampfartig zu überlegen, wie er es schaffen sollte, schon morgen fahren zu können, um so viel Zeit wie möglich mit seiner immer noch geliebten Diana verbringen zu können. Da viel ihm Loretta ein.

Die Nacht war kurz und die Zeit, in der er wirklich schlief, verbrachte er mit unruhigem hin und her wälzen. Am morgen stand er wie gewohnt auf und vergaß voller Aufregung Kaffeepulver in den Filter zu machen, so dass nur eine halbe Kanne gefiltertes Wasser auf ihn wartete, als er aus dem Badezimmer kam. Etwas beklommen machte er sich erneut daran, seinen dringend nötigen Kaffee durchlaufen zu lassen und dabei nicht das Wichtigste zu vergessen.

Er stieg ins Auto, startete und in weiser Voraussicht ging er noch einmal seine Liste im Kopf durch. „Den Wagen tanken muss ich noch, ein kleines Lunchpaket für die Fahrt habe ich dabei. Den Koffer... Mist. Ich habe den Koffer im Hausflur vergessen. Und ich muss noch bei Fräulein Guilty, meiner Nachbarin vorbei, um sie zu fragen, ob sie Stiffi füttern kann. Den Schlüssel hat sie hoffentlich noch." Etwas eilig stürzte er noch mal ins Haus, holte den stehen gelassenen Koffer und schmiss ihn, beim laufenden Wagen angekommen heftig auf den Rücksitz. Er rannte schnell zu dem Haus der Guiltys, fragte nach und bedankte sich bei der alten Dame für ihre kurzfristige Hilfsbereitschaft.

Endlich auf der Arbeit angekommen, suchte er sofort nach Loretta. „Loretta, bist du hier? Loretta? Emma kannst du mir sagen wo sie ist? Ich muss dringend mit ihr sprechen." Seine Stimme zitterte vor Aufregung. „Sie ist gerade beim Chef und müsste eigentlich gleich hier vorbei kommen. Um was geht es denn?" „Nur eine kleine Frage wegen nächster Woche. Nichts Schlimmes." Steven versuchte sich ein leicht gequältes Lächeln abzuringen, da Emma besser nichts von seinem Vorhaben mitbekommen sollte. Sie war ja immerhin die rechte Hand von Herrn O´Donolly. Und niemand wusste wirklich, ob der Chef und wie viel er erfuhr. Vorsicht war daher kein schlechter Gedanke.

Es dauerte noch etwa fünf Minuten, bis Loretta herauskam. Wie immer wurde er freudig begrüßt und umarmt. „Darf ich mit dir unter vier Augen reden? Ich habe eine Bitte an dich." Es war ihm in gewisser Hinsicht peinlich und er hatte seit gestern lange überlegt, ob er es ihr wirklich sagen sollte.

„Ich möchte heute etwas früher gehen. Ich muss dringend nach London, da meine langjährige Freundin seit langer Zeit mal wieder aus Italien dort hin kommt. Sie bleibt nur für drei Tage und ich würde gerne so viel Zeit wie möglich mit ihr verbringen. In Lorettas Gesicht machte sich eine Art Enttäuschung breit. Zumindest hatte er das Gefühl, dass es so wäre. „Und wie kann ich dir dabei helfen?" „Könntest du mit deinem Vater reden? Wenn ich zu ihm gehe, wird er mir nur sagen, dass dann zu viel Arbeit liegen bleiben wird. Aber ich hatte gehofft, dass du das hin bekommst. Ich werde die Arbeit am Montag mit voller Energie nachholen. Versprochen!" „Ich versuche was ich kann. Lass mich mal machen." Sie ging wieder zu ihrem Vater. Steven begab sich an seinen Schreibtisch und bearbeitete zur Ablenkung die obersten vier Aufträge. Als sie wieder kam, verspannte sich sein ganzer Körper vor Aufregung. „Ich habe eine gute und eine schlechte Nachricht für dich. Welche möchtest du zuerst hören?"

„Die Schlechte bitte." „Du musst Sonntag bis 20 Uhr die Aufträge mit den Nummern 2487 bis 2499 fertig haben. Die Gute ist, dass du früher weg darfst. Um 10 Uhr fällt dein Startschuss. Aber nicht früher und bis dahin sollst du noch so viele Aufträge wie möglich bearbeiten." Sein Herz fing an so laut zu schlagen, dass er das Gefühl hatte, es würde demnächst platzen. „Wie kann ich dir das nur jemals danken." Im Anschluss folgte eine lange Umarmung, gefolgt von einem herzlichen Wangenkuss. Ihr Gesicht füllte sich mit einem gesunden Rot und sie lächelte von einem Ohr bis zum anderen.

„Nächste Woche Montag erwarte ich eine Einladung zum Essen von dir. Ich wünsche dir viel Spaß in London." Er musste kurz überlegen und sagte danach: "Selbstverständlich! Vielen Dank." Obwohl er sich kaum konzentrieren konnte schaffte er dennoch ein paar Aufträge. Um Punkt 10 Uhr verabschiedete er sich bei allen und wünschte ein schönes Wochenende.

Die Fahrt verlief ruhig. Nicht zuletzt, da die Nachrichten liefen und er somit über alle aktuellen Verkehrsdaten, wie Stau, Radarfallen und Hindernisse auf den Fahrbahnen verfügte. Jemand hatte doch tatsächlich eine Kuh verloren. Und das auf der Autobahn! Erst nach 2 Stunden, in denen Steven das Geschehen gespannt verfolgt hatte, konnte dieses reiselustige Tier eingefangen werden.

Die Zeit schien schnell vorüber zu gehen, da die Straßen größtenteils frei waren. Um diese Uhrzeit war es ja auch nicht üblich, dass man schon Feierabend hatte.

Das Haus der Sarafins war in der Woodstock Road angesiedelt. Sie hatten damals immer gesagt, dass sie niemals aus London weg ziehen werden und sich aber nur aus einem Grund hier niederließen. Der für sie fantastische Finsbury Park. Dieser war zwar nicht sehr groß, man hatte hier jedoch ein Stückchen Natur mitten in diesem Großstadtwald. Steven bog in die Straße ein und konnte sich sofort wieder an alles erinnern. Als er den Motor abstellte war es gerade 16.45 Uhr geworden. Er stieg aus, ohne etwas mitzunehmen und ihm fiel dabei siedend heiß ein, dass er noch kein Hotel gebucht hatte. „Darum kümmere ich mich später. Ich frage einfach Dianas Mutter Anne, ob sie ein gutes Hotel in der Nähe kennt." dachte er und schüttelte den Kopf mit den Worten, „Ich würde mal meinen Kopf vergessen hat meine Großmutter immer gesagt."

Als er klingelte und ihm Anne die Tür öffnete, war er für einen Augenblick lang enttäuscht, da es nicht Diana war. „Einen guten Tag wünsche ich ihnen.", sprach er ihr nervös entgegen und hielt ihr dabei die Hand hin. „Schön, dass du es heute noch geschafft hast. Komm erst mal rein. Ich habe gerade Kaffee gemacht. Diana sitzt schon in der Stube. Ich habe ihr natürlich nichts erzählt." Ein schelmisches Grinsen war in dem immer freundlich wirkenden Gesicht zu sehen und Steven machte sich, etwas übereilt, auf den Weg.

„Steven!" schrie es plötzlich aus einer Ecke des Hauses, obwohl er bis dahin noch nicht mal selbst jemand anderen entdeckt hatte. Diana war schlanker geworden. Die Arbeit schien schwer zu sein. „Hallo Diana, meine liebe. Hast du abgenommen?" Er wusste von damals noch, dass Diana solche Fragen nicht hören wollte, da sie keinesfalls als Püppchen abgestempelt werden wollte.

„Hi Steven, bist du kleiner geworden?" entgegnete sie etwas sarkastisch. Dies war schon immer ihre Art solchen Gesprächen zu entgegnen, aber Steven hatte sich längst daran gewöhnt.

„Ich habe deine Nachricht erst gestern gelesen und alles daran gesetzt heute hier sein zu können. Leider hat unsere Firma die Grippewelle auch schon erreicht. Ich arbeite normalerweise etwa zehn Stunden täglich. Es gab leider schon einen Todesfall. Mike aus dem Versand hat sich mit diesem Virus angesteckt. Zunächst wäre es keine große Sache gewesen. Dann aber entdeckten die Ärzte Hautkrebs bei ihm. Beides zusammen hat ihn leider dahin gerafft." „Sagtest du gerade Mike? Du meinst doch nicht zufällig den mit den roten Haaren und dem Ziegenbart, oder? Ich mochte ihn, er war wirklich nett."

„Ach und Anne, bevor ich es vergesse, wüssten sie ein gutes Hotel in der Nähe? Ich habe leider in der Eile vergessen zu buchen." fragte er etwas schüchtern. „Du kannst bei mir schlafen!" entfuhr es Diana. „Natürlich nur wenn du nichts dagegen hast, Mom." ......

Nachwort:
Da die Zeit, so schön sie auch gewesen ist, sehr kurz war, möchte ich entschuldigen, dass die vorher gegangene Geschichte nicht fertig wurde. Ich möchte vorab sagen, dass das Ende irgendwann erscheinen wird. Ich habe vor es in meinem ersten Buch als kleinen Anhang beizufügen.

Mit meinen 24 Jahren bin ich zwar noch nicht sehr weit in unsere Welt vorgedrungen, aber Nachrichten sind mir kein Fremdwort. In gewisser Hinsicht spiegeln sich meine Erfahrungen, aber auch mein politischer Standpunkt, in Bezug auf meine Sicht der Welt, in meiner Geschichte wieder.

Ich würde mir wünschen, mehr Leute mit gleicher Sichtweise kennen zu lernen.

Die vergangenen zwei Wochen waren eine wahre Freude, in denen mir Teamfähigkeit und Kameradschaft, sowie Zugehörigkeitsgefühl nahe gebracht worden sind. Ich danke allen, die intensiv mit an der Bucharbeit beteiligt waren.

Mein Motto lautet und hierzu das Zitat eines weisen Mannes:

„ Zwei Dinge sind unendlich. Das Universum und die menschliche Dummheit. Aber beim Universum bin ich mir nicht ganz sicher.“
                                          Albert Einstein

Ja, so war das früher bei uns

Es gibt vielleicht viele Menschen, die sich denken: „Oh man, wie langweilig, eine Lebensgeschichte." Mag ja sein, aber ich finde sie toll.

Aus meinem Kleinkinddasein weiß ich nicht all zu viel, aber es gibt eine Situation, die ich wohl nie vergessen werde. Ich war zwei oder drei Jahre alt und wie jedes Kind, hatte ich keine Lust das Zimmer aufzuräumen.

Meine Mama hat mir erzählt, dass ich schon im zarten Alter von drei Jahren eine interessante Diskussion mit ihr geführt habe, die wie folgt verlief: Meine Mama sagte zu mir: „Angi du sollst dein Zimmer aufräumen!" Worauf ich ihr ganz vehement antwortete: „Och Mama das bringt doch nichts, dass Zimmer sieht doch morgen wieder genau so aus!" Wie man sieht empfand ich das Zimmer Aufräumen schon damals als völlig Überflüssig.

Na ja nun mal weiter mit meiner Geschichte.

Mein leiblicher Vater wollte meine große Schwester Tina und mich dazu überreden, unser Zimmer aufzuräumen, worauf wir uns entschlossen, eine volle Spielzeugkiste von innen vor die Zimmertür zu schieben und durch unser Fenster in den Garten zu flüchten. Wir hatten damals einen alten Bauwagen im Garten stehen und meine Schwester und ich hielten ihn für das beste Versteck.

Tina und ich schlichen uns also durch den Garten, kletterten in den Bauwagen, schlossen die Tür hinter uns und feierten unsere erfolgreiche Flucht. Es verging nur eine kurze Zeit, als die Bauwagentür aufging und mein Vater da stand. Er fuhr uns an, dass er unsere Aktion nicht lustig fand und wir aufräumen sollten.

Den Rest, von dem was er gesagt hatte, weiß ich nicht mehr, denn ich war zu sehr damit beschäftigt zu grübeln, woher er wusste dass wir im Bauwagen waren. Ich war davon überzeugt, dass er hellsehen konnte, denn woher sollte er das denn sonst gewusst haben.

Auf die Idee, dass er durch das Fenster geschaut hatte, war ich natürlich nicht gekommen, wie gesagt ich war zwei oder drei. Natürlich mussten wir aufräumen, war ja nicht anders zu erwarten, aber die Aktion war es wert.

Wenn ich heutzutage an dem Haus vorbeifahre, denke ich mir auch nur: „Wie doof oder verletzungstoll waren wir?" Unser Zimmerfenster war zwar im Erdgeschoss, aber wenn ich überlege, wir waren kleine Kinder und dafür war es echt hoch. Das ist eine schöne Erinnerung, die ich von meinen leiblichen Vater habe.

Ich wusste damals nicht, dass mein Vater schwer krank war und meine Mutter wusste nicht, dass der Tumor wiedergekommen war. Die Ärzte hatten meine Mama und meine Oma damals oft belogen. Meinem Vater wurde schon einmal der Tumor wegoperiert, nur dass er wiedergekommen war, wusste niemand.

Nun ja in der Ehe von meiner Mama und meinem Vater ging wohl einiges schief, was meine Mama dazu bewegte die Scheidung einzureichen, der mein Vater auch zustimmte.

Meine Mama hatte dann damals einen klasse Mann kennen gelernt, mit dem sie, nur zu gerne, eine Beziehung führte. Ja ihr habt richtig geraten, dieser tolle Mann ist mein Stiefpapa! Da es für meinen Stiefpapa klar war, dass von jetzt auf gleich drei Kinder auf sein Verantwortungsbewusstsein warteten, hat er mit meiner Mama zusammen ein Haus bezogen und hatte es nun sehr eilig, dieses zu renovieren, damit wir Kinder nachkommen konnten. Wir Kinder wussten natürlich erst mal von nichts.

An einem Abend, als meine Mama schon länger nicht nach Hause kam, bemerkte ich, dass fast alles an Spielzeug aus unserem Zimmer fehlte. Ich ging zu meinem Vater und fragte ihn: „Wo ist Mama und wer hat unser ganzes Spielzeug aus dem Zimmer geklaut?" Er antwortete mir erst nicht, doch nachdem ich noch zwei oder drei Mal fragte, antwortete er mir: „Mama ist erst mal eine ganze Zeit weg und das Spielzeug hat sie mitgenommen. Nicht mehr lange dann kommt sie und holt euch Kinder und dann seit ihr alle weg."

Es war schon spät und damit Zeit in unsere Betten zu gehen. Ich konnte an dem Abend nicht wirklich schlafen und wir hatten einen tollen Mond, der mich an das Fenster lockte. Es war eigentlich sehr dunkel, aber der Mond zauberte ein wunderbar warmes Licht auf unseren Hof. Ich weiß noch dass ich eine Sternschnuppe am Himmel gesehen hatte und ich wünschte mir die tollsten Dinge. Ich wollte unbedingt später mal einen roten Ferrari haben und eine tolle Kutsche mit wunderschönen Pferden. Aber der unge-wöhnlichste Wunsch, für eine dreieinhalb Jährige war, ich wollte später mal einen tollen Mann und einen ganzen Sack voll Kinder haben, Die dann mit mir auf der Kutsche durch die Wälder fahren.

Als ich dann so vor mich hin träumte, musste ich plötzlich an die Worte meines Vaters denken. Was sollte das heißen, dass Mama erst mal nicht wiederkommt und was will sie mit unserem Spielzeug? Ich dachte damals ernsthaft darüber nach ob meine Mama wohl neue Kinder hatte.

Ja ich weiß ich war sehr dumm, aber ich weiß selber nicht warum ich das gedacht hatte.

Ich stellte mir vor, wie die neuen Kinder wohl so sind. Sind sie so ähnlich wie mein großer Bruder Tim, meine große Schwester Tina oder so wie ich. Sind es überhaupt drei oder mehr?

Meine Gedanken im Kopf wurden immer wilder, bis mir einfiel, dass mein Papa ja auch gesagt hatte, dass es nicht mehr lange dauert und Mama kommt und holt uns Kinder. Warum uns holen? Wo wollen wir denn hin? Warum sind wir dann alle weg?

Ich schaute mir den Mond an und bemerkte da zum ersten Mal, dass der Mond ein Gesicht hat. Es ist ein schönes Gesicht.

Plötzlich musste ich an Mama denken. Ich sah auf den Mond und sprach in Gedanken: „Mama hoffentlich kommst du bald wieder, ich mag nicht ohne dich sein und ich hoffe du lässt uns nicht alleine hier. Mein Gedankengewusel wurde unerträglich und ich krabbelte wieder in mein Bett. Nach einer langen Zeit schlief ich ein und träumte wirre Dinge.

Ich weiß nicht mehr genau wie viele Tage zwischen dem Abend der Grübeleien und der Ankunft meiner Mama zu Hause vergingen, ich weiß nur dass sie dann irgendwann so gegen Mittag wieder nach Hause kam.

Mama schickte uns Kinder in unsere Zimmer und sagte: „Ihr bleibt erst mal im Zimmer, ich muss noch mit Papa reden und dann hole ich euch.“

Die Beiden unterhielten sich eine Weile und dann kam Mama zu uns. „Zieht euch an. Wir wollen los.“ Wir waren ja brave Kinder und hielten uns an ihre Worte. Mama stopfte meine Schwester und mich in einen komischen grünen Golf, den ich nicht kannte. Es kam mir vor als wenn wie eine Ewigkeit durch die Gegend fuhren, bis wir irgendwann eine Auffahrt hochfuhren und vor einem großen Haus anhielten. „Wir sind da.“
Total verträumt kletterte ich aus dem Golf und musterte das Haus. Es war sehr groß, etwas alt, da teilweise die Farbe an der Fassade abbröselte, aber es war sehr schön. Eine große Terrasse, die man schon sehen konnte und eine recht große Wiese vorm Haus. Mama holte noch etwas aus dem Kofferraum und dann gingen wir gemeinsam zu der braunen, schweren Haustür.

Mama schloss die Tür auf, aber ich zögerte einen Moment, bis ich hinein ging. Wir standen kurz in einem sehr kühlen Raum, in dem sich drei Türen befanden. „Wo diese Türen wohl hinführen?“ Das war alles, was mir in dem Moment durch den Kopf ging.

Meine Mutter öffnete die erste der drei Türen und schob uns ein schmales Treppenhaus hinauf. Oben stand ein großer Mann mit schwarzen Haaren und einem breiten Kreuz. Der junge Mann kam mir etwas bekannt vor, was wohl daran lag, dass er schon einmal bei uns zu Hause war. Er lächelte uns an und sagte: „Da seid ihr ja endlich.“ Ja, wir waren da. Keine Ahnung, ob es meine Mama oder mein Stiefpapa war, der uns erklärte, dass dies nun unser neues zu Hause sei. „Ihr wollt sicher euer neues Zimmer sehen“, hörte ich meinen Stiefpapa sagen.

Er schob uns einen schmalen Flur entlang. Er öffnete die letzte Tür auf der linken Seite und bat uns in den großen Raum. In dem großen Zimmer standen ein sehr gemütlich aussehendes Bett, sowie ein riesiger

Kleiderschrank und ein schöner Schreibtisch. Es war ein sehr schönes Zimmer und mir war gleich klar, dass ich mich darin wohlfühlen könnte. Wir schauten uns noch das Zimmer von Tim an und Mama sprach. „Das ist für Tim, für den Fall das er uns besuchen kommt oder sogar ganz zu uns zieht." Wieso soll er uns besuchen kommen? Und wieso ist er überhaupt nicht mitgekommen?

Ich schüttelte die Gedanken weg und schlürfte durch die Wohnung. Es war eine sehr große Wohnung und hübsch war sie auch. Ein riesiges Wohnzimmer, ein tolles Schlafzimmer, ein schickes Badezimmer mit einer großen Badewanne, sowie ein kleines Gäste WC und ...
Die Küche hatte ich noch nicht gesehen, denn die wollte mein Stiefpapa uns selber zeigen. Bevor er die Küchentür öffnete, sah er uns an und sagte mit einem Lächeln im Gesicht: „Ich hab da noch eine kleine Überraschung für euch. Ich hoffe sie gefällt euch." Er öffnete langsam die Tür und ging voraus. Tina und ich folgten ihm langsam in die große Küche.

Wir sahen uns um bis ich meinen Blick in Richtung meines Stiefpapas schweifen ließ und mich plötzlich furchtbar erschrak. Mich durchfuhr plötzlich so eine Angst, dass ich in einem Satz auf den Tisch sprang.

Vor meinem Stiefpapa saß ein riesiger, pechschwarzer Hund, der genau so groß war wie ich und ein rotes Halstuch trug. Vom Küchentisch aus war der Hund ja ganz süß aber vom Fußboden aus war er mir echt zu groß. „Das ist Sammy, unsere Deutsche Dogge Hündin." Hörte ich die Stimme von Stiefpapa. Mama hob mich vom Tisch und Tina und ich durften Sammy streicheln. Es war nicht so schlimm wie ich dachte und die Angst hat es mir auch ein wenig genommen.

Meine Eltern mussten Sammy später weggeben, da sie uns Kinder angeknurrt hatte und sie Angst hatten, dass Sammy eventuell zubeißen könnte.

Es vergingen einige Tage und so hart wie es klingen mag, dachte ich fast gar nicht an Tim und meinen leiblichen Vater.

Irgendwann klingelte es an der Haustür und gespannt wartete ich, wer das sein könnte. Zuerst hörte ich nur Stimmen und sah dann, wie Tim und mein leiblicher Vater die Treppe hinauf kamen. Er sah mich nur kurz an und ging dann mit Mama und Papa in unser Wohnzimmer.

Warum hat er mich denn so komisch angeguckt? Warum kein Lächeln und kein Hallo? Ist er sauer auf mich, weil ich mit Mama und Tina hierher mitgekommen war? Abwarten.

Die Stimmen im Wohnzimmer verklangen. Ich stellte mich wieder in den Flur und horchte. Sie waren weg. Einfach weggefahren ohne Tschüss zu sagen. Ich erhielt keine Antwort auf meine Fragen.

Das war das letzte Mal, dass ich meinen leiblichen Vater gesehen habe. Mein Bruder war bei ihm geblieben, bis unser leiblicher Vater ins Krankenhaus eingeliefert wurde. Mein Bruder zog mit zu uns und mein Vater kam in eine Art Anstalt. Erst da hatte meine Mutter erfahren, dass der Tumor umso schneller wiedergekommen war. Sie ließ die Scheidung von ihm fallen, da es klar war, dass mein Vater dieses Mal keine Chance gegen den Krebs hatte. Er hatte nur noch ein paar Monate bis er verstarb. Meine Mama hatte uns verboten ihn noch mal zu sehen, da der Tumor schon über seinen ganzen Kopf und sein Gesicht verteilt war. Er muss schrecklich ausgesehen haben.

All das hat meine Mama mir erst viele Jahre später erzählt, als ich alt genug war um das alles auch zu verstehen. Ich glaube ich war fünfzehn oder sechzehn.

Da waren wir nun alle gemeinsam bei meinem Papa und meiner Mama. Wir waren oft in dem anschließenden Wald spazieren gegangen. Wir hatten einen neuen Hund. Ein Rüdenwelpe mit dem Namen Scuttle. Es war immer sehr spaßig.

Mein Papa und ich schweißten immer mehr zusammen. Meine Schwester kam auch super mit ihm klar, nur mein Bruder hat ihn nie wirklich akzeptiert.

Meine Mama wurde schwanger und wir bekamen noch eine kleine Schwester, Livi. Sie war ein kleines Frühchen und damit sehr klein und zierlich. Mein Vater hatte noch keine eigenen Kinder und damit war Livi sein erstes Kind. Er hatte immer Angst, dass er ihr etwas bricht, wenn er sie auf den Arm genommen hat.

Livi war wie ein kleines Vögelchen. Sie war zu schwach um ihr Köpfchen zu halten und wenn meine Mama sie fütterte, musste sie Livi immer aufwecken, weil sie eingeschlafen ist. „Livi schläft sich groß" hatte meine Mama immer gesagt, wenn Livi wieder den ganzen Tag geschlafen hatte.

Ich erinnere mich noch genau an Livis erste Schritte oder eher ihren ersten Lauf. Ich war ungefähr fünf Jahre alt.

Sie hatte nie versucht aufzustehen oder hat überhaupt Anstalten gemacht zu laufen. Livi und ich waren im Wohnzimmer und wir spielten gemeinsam. Ich lag auf dem Fußboden, als Livi plötzlich aufstand und loslief. „Mama, Livi läuft!" Rief ich ganz aufgeregt in die Küche. Ich erntete jedoch nur ein ungläubiges „Ja ha". Um meiner Mama diesen Moment nicht vorenthalten zu müssen, rief ich noch einmal: „Mama nun komm mal her, Livi läuft wirklich!" Da mir meine Mama eh nicht glaubte, ging sie weiter ihrer Arbeit in der Küche nach. Irritiert schaute meine Mama durch die Küche, da sie sicher war, dass eben irgendwer an ihr vorbeigeschossen war.

„Wo ist Livi?" Fragte Mama mich, als sie aus der Küche kam. „Da kommt sie grad angelaufen. Du wolltest mir ja nicht glauben." Meine Mama war sichtlich überwältigt von diesem Anblick. Von da an, machte Livi alles nur noch im Laufschritt.
Nun waren wir nicht mehr Drei sondern Vier. Da war jetzt schon jede Menge Leben in unserem Haus.

Knapp achtzehn Monate später brachte meine Mama noch einen prächtigen Jungen zur Welt, David. Mein Papa war jetzt schon geübter, was Babys anging.

David war das ganze Gegenteil von Livi. Er hatte früher einen normalen Körper, aber einen zu großen Kopf. Unser kleines Fußballköpfchen. Ich war sechs ein halb, als ich lernte, wie man kleine Babys wickelt. Ich durfte das Eine, oder Andere mal die Erfahrung machen, dass ein kleiner Junge sehr weit und hoch pinkeln kann. Er hat manchmal sogar mein Gesicht getroffen.

Als David krabbeln konnte, ist er mir sehr oft hinterher gehoppelt, daran erkannte ich, dass er Hunger hatte. David war sehr auf mich fixiert, aber warum weiß ich bis heute nicht. David war in Allem immer etwas ungeduldig. Ich erinnere mich noch an einen gewissen Abend.

In der Küche war ich damit beschäftigt, den Geschirrspüler auszuräumen und nebenbei gleich den Küchentisch zu decken. David saß auf dem Fußboden und folgte mir auf Schritt und Tritt. Zusätzlich hatte ich noch den Pamps (das ist eine Mischung aus Haferflocken, Milch und

Wasser, die zusammen warm gemacht werden) fertig gemacht, auf den David wartete. Ich war noch in Gedanken, als ich David die Flasche befüllte. Nach einem kurzen Moment merkte ich, dass irgendetwas nicht stimmte.

David sah mich mit großen, glücklichen Augen an, als ich bemerkte, dass ich seine Flasche vollgemacht hatte, aber ihm den ganzen Topf mit Pamps gegeben und die Flasche in den Kühlschrank gestellt hatte. Mein Bruder sah mich an als, wenn er sagen wollte: „Alles für mich?" Wie ihr euch ja denken könnt, war er nicht zufrieden, als ich ihm den Topf wegnahm und die Flasche gab.

David konnte höher schreien als jede Opernsängerin. Wenn es Badezeit war, dachten unsere Nachbarn, dass wir David umbringen wollten. David liebte es, in der Küche im Waschbecken zu baden, aber wehe, er kam in die Nähe einer Badewanne. Meine Mama und ich brauchten ihn nur in die Nähe der Babywanne halten, dann fing er an zu kreischen, dass wir dachten, dass die Fensterscheiben gleich platzen würden. Was das Schreien betrifft hatte er sehr viel Ausdauer.

Dann kam neun Monate später die Letzte in unserem Bunde zur Welt, Jaqueline. Meine Mama hat fünf Kinder auf normalem Weg zur Welt gebracht, nur das Sechste kam durch einen Kaiserschnitt zur Welt.

Jaqui war ein prächtiges kleines Mädchen, das sehr agil war. Unser David war wohl eher nicht so begeistert von ihr. Als Mama mit Jaqui aus dem Krankenhaus kam, hob mein Papa David hoch und sagte: „Das ist deine kleine Schwester, sei mal lieb und mach ei ei bei ihr." David legte seine kleine Hand auf Jaquis Gesicht und machte zwei Mal ei. Dann aber holte er aus und klatsche ihr mit flacher Hand ins Gesicht. Jaqui schrie laut auf und mein Papa ermahnte David, dass er das doch nicht machen kann, da ihr das auch weh tut. Jaqui hatte Davids Handabdruck in ihrem Gesichtchen.

Tja nun waren wir sechs. Ich habe mich früher oft um meine kleinen Geschwister gekümmert. Wir sind so zusammen gewachsen, dass die Kleinen schon manchmal Mama zu mir gesagt hatten. Ihr könnt euch sicher denken wie rührend das für mich war.

Es gab so viele schöne Momente, die ich mit den Kleinen erlebt habe. Meine große Schwester hat sich auch ab und zu um die Kleinen gekümmert, aber sie war nie so verbunden mit ihnen.

Ich hingegen hatte schon immer eine unerklärliche Anziehungskraft, was Kinder betrifft. Schon von je her haben sich, auf Kindergeburtstagen, alle Kinder bei mir aufgehalten. Als ich erst acht Jahre alt war, habe ich schon die Blicke von kleinen Babys auf mich gezogen, warum weiß ich selber nicht.

Als David versuchte zu laufen war ich vielleicht sieben ein halb und ich muss sagen, ich hatte viel Spaß bei dem Anblick. Wirklich gelaufen ist David erst mit etwa einem Jahr. Er hat von Allen am längsten gebraucht, was daran lag das er seine Füße nicht grade halten konnte. Es war echt lustig ihn dabei zu beobachten.

David hat sich immer in den Schneidersitz gesetzt, hat sich dann nach vorne auf die Arme gestützt und die Beine nach hinten gedrückt. Wenn er dann diese Position erreicht hatte, drückte er seinen Windelhintern nach oben und versuchte sich auf die Füße zu stellen. Dieses Experiment ging nicht lange gut, da David seine Füße immer abrundete und ihn die Kraft in den Beinen verließ, was dazu führte, dass er seinen Hintern wieder zu Boden fallen ließ. Wir mussten ihn oft an die Händchen nehmen und mit ihm laufen, bis er dann irgendwann selber laufen konnte.

Nun war ja Jaqui auch noch da und wie die erste Begegnung von David und Jaqui vermuten ließ, haben sich die Beiden nicht immer gut verstanden. Die Streitereien waren förmlich vorprogrammiert. Meine Mama war ja schon geübt mit den Streitereien, da Tina und ich uns auch herrlich streiten konnten.

Im Großen und Ganzen haben wir Kinder uns recht gut verstanden. Ich muss zu meiner Schande gestehen, dass meine Eltern jede Menge Nerven und graue Haare wegen uns Kinder lassen mussten, aber ich denke bei sechs Kindern kann man sich das in etwa vorstellen.

Nun ja, unsere kleine Jaqui war von Anfang an ein sehr agiles Kind. Bei ihr durfte ich auch lernen, dass nicht nur kleine Jungs hoch und weit *pinkeln können. Als ich Jaqui gewickelt hatte, habe ich auch von ihr manchmal einen kräftigen Strahl abbekommen, nur das sie sich danach gekugelt hat vor Lachen.*

Jaqui war genau so agil wie Livi. Das was David an Gemütlichkeit hatte, setzten Livi und Jaqui in Agilität um! Manchmal waren die Beiden nicht zu stoppen.

Eines Nachts, als meine Oma bei uns übernachtet hatte, weil meine Eltern eingeladen wurden, fing Jaqui in ihrem Bettchen an zu schreien. Meine Oma weckte mich mit den Worten: „Angi geh mal nach Jaqui gucken, sie schreit." Daraufhin soll ich aufgestanden sein und zu ihr hochgegangen sein. Meine Oma fragte mich warum Jaqui geweint hatte, aber ich antwortete ihr nicht! Am nächsten Morgen wollte meine Oma erneut wissen warum Jaqui geschrien hatte und wie ich sie ruhig bekommen hätte. Ich sah meine Oma an und fragte: „Wann soll sie denn geschrien haben und wieso soll ich sie ruhig bekommen haben?" Oma sah mich verwirrt an und erzählte mir: „Jaqui hat heute Nacht angefangen zu schreien, daraufhin habe ich zu dir gesagt, dass du mal hochgehen sollst um dich um sie zu kümmern und nun frag ich dich was du mit ihr gemacht hast." Ich konnte meiner Oma auf ihre Frage nicht antworten, da ich gar nichts davon wusste aber ich denke, ich hab ihr die Flasche gegeben. Jaqui hatte damals oft nachts geweint, darum war ich wohl in Übung.

Da ist der Beweis, ich bin selbst im Schlaf noch zu meinen Geschwistern gelaufen, wenn etwas war. Darf ich mich jetzt als gute Mutter bezeichnen?

Wir Kinder waren damals extrem todesmutig, ganz zum Ärger meiner Eltern.

Als Jaqui noch nicht laufen konnte, hat sie sich immer oben an die Treppe gesetzt und sich sehr weit nach vorne gelehnt, um dann Mama zu rufen. Wir dachten jedes Mal, dass sie die steile Steintreppe runterfallen würde. Da sie die Treppe hoch aber nicht runterkrabbeln konnte, hatten wir nur wegen ihr ein Gitter unten vor die Treppe machen müssen, damit sie nicht doch noch runterfallen konnte.

Wie ihr euch sicher denken könnt, erinnere ich mich auch noch ganz genau an Jaquis erste Schritte.

Ich habe mit Jaqui oft das Laufen geübt, denn sie liebte es, wenn ich sie auf meine Füße stellte und mit ihr durch die Gegend lief. Ich war mit Jaqui in meinem Zimmer und alberte mit ihr rum. Damals hatte ich einen Bürosessel in meinem Zimmer. Jaqui zog sich an dem Stuhl hoch und ich öffnete meine Arme und sagte: „Na los Jaqui komm zu mir, du schaffst das." Jaqui lächelte mich total süß an und nachdem ich sie noch ein paar Mal anfeuerte, kam sie dann zu mir ans Sofa gelaufen. Sie schaffte es vom Stuhl bis zum Sofa mit sechs Schritten zu laufen, ohne zu fallen. Ich war so stolz auf die Kurze, als wenn sie meine Tochter gewesen wäre.

Ich ging mit Jaqui zu meiner Mama und ließ die Kleine ein paar Schritte zu ihr gehen und auch sie war total stolz auf unsere Jüngste.

Wenn ich das jetzt hier so schreibe, fällt mir um so mehr auf, dass Tim und Tina irgendwie in solchen Momenten nie dabei waren, aber ich kann mit bestem Willen nicht sagen warum.

Die tollsten Aktionen von uns Kindern will ich euch natürlich nicht vorenthalten, also fange ich mal an.
Wir hatten damals eine sehr steile Steintreppe und unten, davor kam gleich eine kleine Heizung aus Guss. Ich weiß nicht mehr wie wir darauf gekommen waren, aber wir holten uns einen, von Mamas Wäschekörben und rutschten in ihm die Treppe runter. Als der Korb gegen die Heizung knallte, zerschlug er mit einem lauten Knall in viele Einzelteile. Meine Mama bekam das mit und fragte uns, was der Knall gewesen wäre. Nachdem ich ihr das erzählt hatte, schrie sie mich an ob ich denn verrückt wäre, da es lebensgefährlich war und wir uns die Köpfe an der Heizung hätten aufschlagen können.

Der Spaß an der Rutscherei war zu groß um es einfach aufzugeben. Uns kam die Idee, dass wir den Aufprall der Köpfe an der Heizung ja auch verhindern könnten. Fest entschlossen, nahmen wir unsere Matratze aus dem Bett und positionierten sie auf der Treppe. Als wir Vier, also Jaqui, David, Livi und ich uns auf die Matratze gesetzt hatten, klappten wir den vorderen Teil als Schutz hoch und rutschten runter. Das hatte wunderbar funktioniert, bis meine Mama es bemerkte und uns erneut anfuhr. Danach hatten wir es aufgegeben.

Na ja wir hatten nicht ganz aufgegeben. Meine kleinen Geschwister hatten damals ein zweier Hochbett in ihrem Zimmer stehen, was uns dazu veranlasste, den Lattenrost vom oberen Bett beiseite zu schieben und die Matratze von oben nach unten durchzudrücken. So hatten wir unsere eigene Rutsche im Zimmer.

Wie schon gesagt, meine Eltern ließen viele Nerven und graue Haare in unserer Erziehung.

Ich durfte in meinem Leben auch schon erfahren, was es heißt richtig Angst zu haben. Damals hatten wir ein kleines Waldstück und viele Felder auf der anderen Seite der Hauptstraße. In dem kleinen Stück lebten Füchse, Wildschweine, Eichhörnchen und noch viele andere Tiere. Es war sehr schön da und meine Schwester Tina und ich hielten uns dort gerne auf. Ab einem gewissen Tag, gingen meine Schwester und ich dort nur noch ganz selten hin.

Es war ein schöner Frühlingstag und ich war dreizehn. Wir gingen wie gewohnt in das kleine Wäldchen und schauten uns um. Wir ließen unsere Füße durch das hohe Gras schlürfen, um eventuell vorhandene Tiere zu verscheuchen. Dann hörten plötzlich ein lautes Quicken und bemerkten, dass Tina gegen ein Wildschweinbaby getreten war. Nur wenige Sekunden später, hörten wir ein wütendes Schnaufen hinter uns. Da stand die Bache und setzte zum Lauf an. Wir rannten so schnell wir konnten, doch die Bache ließ sich nicht abhängen. Dann sahen wir unsere Rettung. Wir kletterten in Windeseile auf die zwei höchsten und stabilsten Bäume. Die Bache tobte zwischen den Bäumen hin und her und rammte sie mehrmals mit ihrem Kopf. Wir saßen eine Ewigkeit auf den Bäumen, ehe die Bache dann doch von uns abließ und mit ihrem Kleinen wieder verschwand. Es war gar nicht so einfach von den Bäumen runterzukommen, da kaum Äste vorhanden waren und unsere Beine schon eingeschlafen waren.

Es heißt ja, dass man durch Angst Flügel bekommt und die Ansicht kann ich nur teilen. Die Bäume auf denen wir saßen, waren zwar hoch und dick, aber im unteren Bereich, waren kaum Äste. Die kleinen, die dort vorhanden waren, konnte man nicht zum klettern verwenden, da sie zu dünn waren. Ich bin später nicht mehr auf den Baum hinaufgekommen. Da ist es doch nur logisch sich selbst die Frage zu stellen: „Wie zum Henker bist du auf diesen Baum gekommen?" Ich sag ja, Angst beflügelt.

Nun ja die Jahre vergingen und die Kleinen wurden unheimlich schnell groß. Wir haben so viel Unfug angestellt, aber um euch das alles zu erzählen, reichen die zwei Wochen nicht aus.

Ich hatte mich über die Jahre immer mehr zum Papakind entwickelt. Da wo mein Papa war, war ich auch, ich war sozusagen sein Schatten. Wir machten fast alles gemeinsam. Ob es nur Reparaturarbeiten waren, oder etwas im Garten, dass war egal.

Mein Papa war zehn Jahre Schlachter, sodass er dieses Talent auch zu hause umsetzte. Er und ich haben zusammen einen Räucherschrank gebaut. Es hatte geregnet wie aus Eimern, als wir draußen standen und anfingen aus Steinen und Zement den Schrank zu bauen. Ich stand vor meinem Papa und hielt den Regenschirm über ihn. Wir hatten Beide total gute Laune und waren die ganze Zeit am scherzen. Man sollte es nicht glauben, aber wir haben den Rauch an dem Tag noch fertigbekommen.

Ich liebte es mit meinem Papa etwas zu machen. Bei ihm habe ich sehr viel gelernt und nicht nur in handwerklicher Hinsicht. Bei uns gab es immer etwas zu lachen.

Papa und ich haben schon früher immer herumgetobt. Ich habe ihm auf diese Art und Weise, eine noch heute gut sichtbare Narbe verpasst.

Damals konnte man bei uns im Haus komplett im Kreis laufen. Es ging vom Flur in die Küche, dann durch eine Holztür ins Wohnzimmer, von da aus durch eine Art Balkontür in unseren Wintergarten. Dann kamen zwei Türen direkt hintereinander. Die Türen waren aus Holz und oben waren je sechs kleine Glasfenster. Wenn man dann auch durch diese zwei Türen hindurch ging, war man wieder im Flur.

Mein Papa rannte hinter mir her und brüllte laut. Er jagte mich bestimmt sieben Mal im Kreis, mal so rum und mal so rum. Ich kreischte und war vor lachen schon ganz außer Atem. Als ich durch das Wohnzimmer lief, hatte mein Papa mich fast eingeholt und ich rannte panisch durch die erste Flurtür, als Papa seinen Arm ausstreckte um mich zu packen. Seiner Hand konnte ich entwischen und dann warf ich die zweite Flurtür hinter mir zu, als es plötzlich laut knallte und im selben Moment schepperte. Ich drehte mich um und sah, dass eine Glasscheibe aus der Tür zerbrochen war und mein Papa auf dem Boden hockte. Meine Mama stürmte zu ihm und ich stand im Flur und fing bitter an zu weinen. Ich war glaube ich zwölf oder so. Mein Papa hat mit seinem Arm die Scheibe durchgehauen und sich dabei den Arm böse aufgeschnitten. Er hatte eine ca. zehn Zentimeter lange und drei Zentimeter tiefe Schnittwunde, die blutete wie verrückt.

Ich entschuldigte mich tausend Mal bei ihm und er sagte nur zu mir, dass ich nicht schuld war sondern, dass es beim toben passiert ist. „Mach dir keine Vorwürfe, mir geht es gut, ist doch nichts passiert." Mama wollte, dass Papa ins Krankenhaus geht um die Schnittwunde nähen zu lassen. „Dafür brauche ich keinen Arzt. Hast du Nadel und Faden? Ich kann das selber nähen, dann weiß ich wenigstens, dass nicht gepfuscht wurde." Ja das war typisch für meinen Papa. Er ist es auch gewesen, der sich mit einem Powertacker eine Nadel in die Hand geschossen hatte und mich dann fragte wo denn die Zange sei. Ich gab ihm die Zange und fragte wofür er die denn bräuchte. Er zeigte mir seine Hand und zog dann die Klammer raus und ohne ein Wort zu sagen machte er sich wieder an die Arbeit.

Ich habe meinen Papa immer für seine Stärke bewundert. Nur ein Mal habe ich miterlebt, dass er auch Schmerzen haben kann und das war bei seinem Unfall.

Meinem Papa ist ein Betonmischer auf sein Bein gefallen und er hatte schreckliche Schmerzen, die er auch nicht verbergen konnte. Er musste am Bein operiert werden, jetzt hat er ein komplett künstliches Knie. Durch den Unfall ist sein Kreuzband gerissen und seine Sehnen auch. Aber ansonsten hat man bei ihm das Gefühl, dass er keine Schmerzen spürt und schon fast unsterblich ist. Ich habe bis jetzt keinen Menschen getroffen, der so stark und standfest ist wie mein Papa.

Bis heute ist es so, dass mein Papa und ich uns verstehen ohne etwas zu sagen. Wir sehen uns an und wissen genau was der andere denkt. Ich denke, wenn man meinen Papa und mich zusammen erlebt, würde niemand darauf kommen, dass wir eigentlich biologisch nicht miteinander verwandt sind. Ich genieße jede Sekunde, die ich mit meinen Elter und meinen Geschwistern verbringen kann. Denn durch den plötzlichen Tod von meiner guten Freundin und Mutter von meinem Freund, ist mir klar geworden, dass niemand ewig lebt und jeder Tag der Letzte sein könnte.

Papa und ich lieben es unter Anderem, andere Leute auf den Arm zu nehmen. Da kam uns ein Nachbar grad gelegen. Der besagte Nachbar ist manchmal schwer von Begriff und damit das perfekte Opfer für uns.

Wir saßen bei meinen Eltern im Innenhof. Papa sah den Nachbar an und fragte ihn: „Ein Flugzeug stürzt genau auf der Grenze von Frankreich und Deutschland ab. Wo werden die Überlebenden begraben?" Erst war es still und dann antwortete er: „Woher soll ich das denn wissen! Ich denke die Deutschen in Deutschland und die Franzosen in Frankreich. Ich war doch nicht dabei." Mein Papa und ich fingen da schon an zu lachen, denn mein Papa hatte noch ein paar Mal das Wort Überlebende wiederholt und unser Nachbar hatte es einfach nicht verstanden.

Dann fragte mein Papa ihn noch: „Was kostet ein Eis zu fünfzig?" Und unser Nachbar antwortete mit: „Ja so fünf Euro, die haben die Preise noch nicht erhöht."

Danach war ganz vorbei. Mein Papa und ich mussten so lachen, dass wir auf allen Vieren die Treppen hoch krochen, um meiner Mama von den Geschichten zu erzählen.
Ich sag ja, wir hatten immer viel Spaß und haben ihn auch heute noch.

Mein Papa und ich können nie wirklich lange ohne einander. Selbst wenn wir uns streiten, gehen wir uns nur eine kurze Zeit aus dem Weg, bis dann einer von uns Sturköpfen doch nachgibt.

Also ich finde, ich habe eine ganze Menge von meinem Papa, auch wenn wir eigentlich nicht verwandt sind, zumindest biologisch nicht.

Wenn grad kein Nachbar als Opfer für uns da ist, greifen wir oftmals auf meine Mama zurück. Ich bin ja schon klein, mit meinen 1,63m, aber man soll es nicht glauben, meine Mama ist noch kleiner. Sie darf sich dann von uns Sprüche anhören wie: „Oh, bist du wieder von der Teppichkante gefallen und hast dir beide Beine gebrochen. Mussten sie bestimmt mit Zahnstochern schienen." Ich weiß, dass ist gemein, aber wir können da ja auch nichts zu! Ja ja meine Mama hat es manchmal echt nicht leicht mit uns.

Wenn mein Papa und ich am frühen Morgen die Leute verarschen, erkennt jeder, dass wir gute Laune haben. Wir haben immer und jeden Tag etwas zu lachen.

Da wir ja auch nicht immer meine Mama als Opfer nehmen können, muss dann auch mal meine beste Freundin herhalten.

Mein Freund und mein Kumpel saßen im Auto von meinem Papa und bauten das Radio aus. Da es schon recht dunkel war, hatte mein Papa einen Strahler aufgestellt, damit die Jungs genug Licht hatten. Mein Papa und meine Freundin standen nebeneinander am Auto. Papa wollte den Strahler so einstellen, dass mein Kumpel genug Licht im Auto hat und fragte: „Geht das so mit dem Licht, oder soll ich noch ein wenig drehen?" Er hielt den Kopf der Lampe fest und wartete auf die Antwort. Als diese nicht kam, schaute er meine Freundin an und sagte zu ihr: „Halt mal die Lampe fest, ich krieg grad einen Krampf." Als meine Freundin ihn nur ansah, sagte er nochmals: „Hältst du die Lampe jetzt fest oder nicht?" Meine Freundin nahm den Kopf der Standlampe und mein Papa steckte seine Hände in die Tasche, sah meine Freundin an und sagte: „Du machst aber auch alles was man dir sagt." Danach war das schallende Gelächter erst mal nicht zu unterbinden.

Wir waren nie Kinder von Traurigkeit, weder mein Papa, noch meine Mama und meine kleinen Geschwister und ich ebenso wenig.

Nicht das Papa und ich nur die Leute verarschen, wir sagen auch immer das was wir denken. So kam auch folgende wahre Geschichte bei Hornbach zustande.

Meine Mama und mein Papa waren bei Hornbach um noch ein paar Dinge zu besorgen. Sie sahen wie ein Mann durch den Eingang kam, der einen Rock anhatte. Jeder Kunde bei Hornbach musterte diesen Mann, grinste und dachte sich seinen Teil dazu. Dann sah mein Vater den besagten Mann und rief laut durch den Laden: „Ist der bescheuert, das ist ja ein Kerl und der hat einen Rock an!" Daraufhin stieg meiner Mama leicht rötliche Farbe ins Gesicht und sie sprach leise: „Musste das denn jetzt sein?" Worauf mein Papa ihr nur laut entgegnete: „Ist doch wahr, ein Rock gehört an die Frau und nicht an den Mann." Nach der Aktion hatte mein Papa die Lacher aus dem ganzen Laden auf seiner Seite und meine Mama wollte im Boden versinken.

Zum Abschluss wollte ich nur noch eben die Bemerkung kundgeben, dass mein Freund ein ganz lieber und schüchterner Junge war, als ich ihn kennen gelernt habe. Seit er meine Familie kennt, ist er genau so ein Schlitzohr wie mein Papa und ich. Nicht das ich das schlecht finde, aber manchmal ist er mir eine Spur zu frech. Mein Papa hat es geschafft aus meinem schüchternen Freund einen aufgeweckten jungen Mann zu machen. Mein Freund schafft es mittlerweile auch mich gründlich zu verarschen.

Ich würde euch ja gerne noch mehr von meiner Familie erzählen, aber die zwei Wochen sind leider vorbei. Ich denke ernsthaft darüber nach selber ein ganzes Buch zu schreiben und vielleicht erfahrt ihr dann mehr aus unserem Alltag.

Ich danke meiner Familie für die Geschichten die, ich mit euch miterleben durfte. Ohne euch wäre diese Geschichte niemals zustande gekommen. Wie ihr wohl gemerkt habt, hatte ich immer ein sehr abwechslungsreiches Leben und das habe ich auch immer noch. Als ich diese Geschichte geschrieben habe, habe ich immer an die Worte von meinem Papa gedacht, die wie folgt lauten: „Wenn man bei uns im Haus überall Kameras aufbauen würde und das ins Fernsehen bringen würde, hätten wir höhere Einschaltquoten als Big Brother!"

Ich hoffe meine Geschichte hat euch gefallen und ihr konntet das eine oder andere Mal genau so herzlich lachen wie ich. In diesem Sinne noch mal herzlichen Dank an meine Mama, meinen Papa, meinen Geschwistern, meinen Freund sowie an meine beste Freundin und meinem Kumpel. Bleibt alle so wie ihr seid, dann habe ich bestimmt bald wieder eine schöne Geschichte, die ich schreiben kann.

Liebestod
Kapitel I

An diesem Abend schien der Mond sehr hell über das Land Morrglas, als der Jäger Tiaro auf dem Weg nach Hause war. Er kam gerade von einer Jagd und war wie jeden Abend ausgelaugt von seinem Beruf, den er jetzt schon mittlerweile zwanzig Jahre ausübte. An seiner Seite stolzierte sein treuer Gefährte Myt, ein Bär, der von seiner Mutter als kleiner Säugling ausgesetzt worden war. Tiaro hatte ihn von klein auf großgezogen. Sie waren ein eingespieltes Team was die Jagd anging und so war es Gang und Gäbe, dass sie immer mit einer großen Beute an Wild nach Hause kamen.

Tiaros Behausung war eine einfache Holzhütte, nicht besonders groß, aber ausreichend für einen Jäger und einen Bären. Ein Fenster, an jeder Hauswand, ließ die Sonne den ganzen Tag in das Haus scheinen. Tiaro hatte nicht viel Geld, aber was er sich unbedingt leisten musste war ein Kamin. Diesen hatte er sich in seine Leseecke einbauen lassen. Ein Kamin ist zu seiner Zeit etwas, was sich nicht jeder leisten konnte. Man benötigte dazu einen Schmied, die – davon abgesehen, dass ihre Arbeit schlecht war – schon eine beträchtliche Summe an Gold sehen wollten.

Zu Hause angekommen ging Tiaro erstmal in eine kleine Höhle, die direkt an seinem Haus lag, um das gejagte Wild dort unterzubringen. Er schob das große Holzgitter, das er aus Sicherheit vor wilden Tieren, dort angebaut hatte beiseite und ging hinein. In der Höhle roch es nach gammligem Fleisch. Dies störte Tiaro aber nicht. Wer jeden Tag in diese Höhle ging, der nahm diesen Gestank schon nicht mehr war.

Als er heraus ging und das Gitter hinter sich schloss, vernahm er einen lauten Knall aus seinem Haus. Er war zuerst erschrocken, da doch Myt in dem Haus war. Wer traut sich schon in ein Holzhaus, in dem ein Bär sitzt? Tiaro nahm das Schwert und lief auf die Haustür zu. Als er die Tür öffnete, war nichts zu sehen, außer ein paar Töpfen, die auf dem Boden lagen. Tiaro wollte nicht zu unvorsichtig handeln. Deshalb ging er mit dem Schwert durch das Haus, vorbereitet auf einen plötzlichen Angriff. Aber wo war Myt abgeblieben? Normaler weise gab er immer einen Laut von sich, wenn Tiaro das Haus betrat. Plötzlich ertönte ein lautes Knirschen aus der Abstellkammer. Er ging in die Richtung und war erleichtert als er sah, dass sich Myt das Glas Honig geschnappt hatte, das er zuvor auf den Herd gestellt hatte. Der Bär guckte ihn nur verwundert an, als ob er wüsste, dass er etwas falsch gemacht hatte. Der Jäger konnte ihm aber nicht böse sein, da er halt sein bester Freund war, der Honig über alles liebte. Tiaro war sichtlich erleichtert, hatte er doch Schlimmeres erwartet. Er legte das Schwert ab, ging in die Küche und begann für sich und seinen treuen Gefährten ein schönes saftiges Steak zu braten. Nach diesem kleinen Festmahl breitete sich Müdigkeit aus.

Tiaro nahm eines der alten Bücher zur Hand, die bei ihm in einem kleinen Regal standen. Er setzte sich auf einen Sessel, den er selber aus Stroh geflochten hatte, vor den Kamin. Myt legte sich immer, wie auch diesen Abend, auf eine Decke neben Tiaro. Der Jäger schmiss ein Stück Holz in den Kamin und begann zu lesen. Es war ein Buch über schwarze Rituale. „Den Dämon im Bann" hieß es. Es beschrieb verschiedene Beschwörungsriten für Dämonen und die Möglichkeit diese Kreaturen zu versklaven. Tiaros Interesse wurde dafür geweckt, als er einmal bei einem Besuch auf dem Markt einen Magier beobachtete, der vor versammeltem Publikum einen kleinen Wichtel beschwor. Man konnte an den Augen des Wichtels sehen, dass er nicht dagegen abgeneigt gewesen wäre, jedem einzelnen hier die Augen zu zerkratzen. Der Wichtel konnte sich aber nicht bewegen. Es war, als ob unsichtbare Ketten den kleinen Wichtel umschlangen. Der Magier ließ die Beschwörung verschwinden und genoss den kleinen Beifall, den ihm die Zuschauer spendeten. Alle waren auf der einen Seite sichtlich erstaunt, aber auch sehr ängstlich auf der anderen Seite. So etwas gab es nicht sehr oft, dass ein Kenner der Beschwörungskunst öffentlich seine Künste vorführte. Geschafft von diesem Tag schlief Tiaro mit dem Buch in der Hand ein.

Am nächsten Morgen wurde Tiaro von Myt geweckt. Er wusste, dass er spät dran war. Jeden Morgen stand Tiaro früh auf um das gejagte Fleisch in der nahe gelegenen Stadt zu verkaufen. Sein Fleisch war gut gefragt, da jeder wusste, dass er ein Jäger war, der sein Handwerk verstand. So ziemlich die einzige Einnahme, die er hatte. Er nahm seinen Bogen und den Köcher, ging noch schnell in sein Fleischlager, holte sein Verkaufsgut und machte sich auf den Weg in die Stadt Dustfall. Es war ein sonniger Tag. Tiaro hoffte auf einen guten Kundenbesuch auf dem Markt. Myt musste wie immer bei dieser Tätigkeit zu Hause warten, denn ein wildes Tier war in der Stadt nicht gerne gesehen, zumal es sich auch noch um einen Bären handelte, die in dieser Region sehr aggressiv waren. Puhl war in dieser Hinsicht zwar anders, dennoch konnte Tiaro nichts riskieren. So verblieb es wie immer bei dieser Entscheidung.

Kapitel II

Es war schon spät am Morgen, als Sera aufwachte. Wie jeden Morgen war sie wieder schweiß überströmt. In letzter Zeit wurde sie immer wieder von Alpträumen geplagt. Aber wie immer redete sie sich ein, dass es einem Medium nicht anders ergehen kann. *„Wer soviel mit der Geisterwelt in Kontakt tritt, darf die physische Belastung nicht außer Acht lassen"*, dachte sie. Sera klatschte in die Hände. Sofort kamen ihre Bediensteten herein.

Sera war eine Hohepriesterin in einem Kloster in der Stadt Dustfall. Ein sehr hoher Status, vor allem in einem Volk, das sehr an die alten Götter glaubt. Eine Person ihrer Art war hier groß geschätzt, nicht nur in der Überbringung der alten Schriften sondern auch das Kontaktieren alter Geister und verstorbener Persönlichkeiten. Aber auch die Heilkunst sowie die dunkle Magie beherrschte Sera perfekt. Sie war auch keines Wegs eingebildet oder gar im Glauben etwas Besseres zu sein als ein anderer Mensch. Dennoch ließ sie es sich nicht nehmen den Respekt des Volkes zu genießen.

Jeden Morgen machte sie einen Spaziergang über den täglichen Markt. Für sie war es einfach ein schöner Anblick zu sehen, wie friedlich die Menschen in Dustfall miteinander umgingen. Sera kannte auch Bewohner anderer Städte, die einen etwas anderen Blick bei ihr hinterlassen haben. Aus diesem Grund schätzt sie diese Stadt sehr.

Die Menschen freuten sich die Hohepriesterin zu sehen. Sie war eine Frau von schöner Statur, weißen Haaren, die wie Seide auf ihren Schultern lagen und Augen, die wie ein Verdelith strahlten. Ihre starke Aura gab den Menschen das Gefühl der Sicherheit, denn nicht jede Stadt konnte von einem so starken und vor allem schönen Medium – manche Menschen vergleichen sie mit einem Feld Linlei, der wohl schönsten und wohlduftigsten Blume in Morrglas - profitieren. Als Sera über den Markt ging, richteten sich alle Blicke auf die wandelnde Schönheit. Einige verbeugten sich, um ihr ihren großen Respekt darzulegen. Natürlich beugte sich die Priesterin zurück, um so den gegenseitigen Respekt zu erwidern.

Auf dem Rückweg in das Kloster fielen ihre Blicke auf einen Mann, der in der Menge stand. Er sah aus wie ein Bauer, hatte aber doch etwas Majestätisches an sich. Sein bewusstes Auftreten und sein selbstsicherer Blick zog irgendwie das Interesse der Priesterin auf ihn. Zum ersten Mal konnte sie einem Mann nicht in das Gesicht schauen. Schnell zog sie sich die Kapuze des Mantels über den Kopf, um ihr errötetes Gesicht vor der Allgemeinheit zu verbergen.

Über solche Gefühle war sich Sera gar nicht im Klaren. Normaler Weise wusste sie ihre Gefühle zurück zu halten. Doch diesmal war irgendetwas anders. Die Lust und das Verlangen nach Mehr stiegen in ihr auf.

„Verehrte Hohepriesterin", sagte einer aus ihrer Dienerschaft. Er legte seine Hand auf ihre Schultern und schüttelte sie vorsichtig: *„Wir müssen weiter. Haben sie denn vergessen, dass sie noch ein Gespräch mit dem Kardinal unseres Hauses haben. Lassen sie ihn lieber nicht warten. Sie kennen doch seinen Charakterfehler diesem gegenüber!"* „Ich weiß", antwortete sie und ging weiter die Straße entlang.

Sera konnte auf dem Weg, eine Zeit lang, nicht die Gedanken von diesem Mann lassen. Über solche Gefühle war sie sich noch nie im Klaren, doch war sie auf eine Weise nicht gegen diese Gefühle gefeit. Eine gewisse Freude die sich in einem ausbreitet, Glück, das bis in jeden Körperteil fließt und selbst das Herz erwärmt.

An dem Kloster angekommen nahm Sera erstmal ein Bad, zog sich eine neue Tonika an. Dann machte sie sich auf den Weg zum Ratszimmer des Kardinals.

Es war ein schönes Kloster, große Fenster erstreckten sich über die langen Gänge. Statuen aus Marmor zierten die Gänge, viele in Engelsgestalt, aber auch Skulpturen von ehemaligen Kardinälen standen auf den Säulen. Große, seltene Pflanzen standen in den Ecken. Sie wuchsen schon bis an die Decke hoch.

Sera bog nach rechts ab. Sie ging einen langen Weg, an dessen Ende eine goldene Tür war. Am Ende angekommen, klopfte sie an die Tür. Eine raue Stimme bat sie herein. Der Raum war groß. Viele hohe Regale standen an den Wänden mit unzähligen Büchern über alte Mythen sowie verschiedenen religiösen Geschichten. In der Mitte des Zimmers stand ein Holztisch, an dem ein älterer Mann in einem blut roten Gewand saß. Er las gerade ein Buch über die Beschwörungsriten. Jetzt aber bat er Sera an, sich zu setzen. Eine Zeit lang war er noch ein wenig ruhig, vertieft in das Buch, bis er die Lesebrille abnahm, sie auf den Tisch legte und sich der Hohepriesterin widmete.

Sera sah ihm die Ernsthaftigkeit an seinem Gesicht an, denn sie wusste um was es ging. Demnächst sollte ein neuer Kardinal gewählt werden. Shafir war alt geworden, er war nicht mehr in der Lage sein Amt so konsequent zu beschreiten, wie er es einmal konnte. Es stand schon lange fest, dass irgendwann die Zeit kommen würde, in der Shafir sein Amt an ein neues Mitglied des Klosters abgeben würde. Dennoch war das nicht so einfach wie man dachte. Um als möglicher Kardinal kandidieren zu können, musste jeder der vorgeschlagenen Personen, eine Beschwörung durchführen. Sie sollten einen Erzdämon beschwören und danach wieder freilassen. Ein schwieriges Unterfangen, da dazu eine hohe Begabung und geistige Stärke vorhanden seien musste.

„Sera, ich werde dich als Kandidat für den Rang des Kardinals vorschlagen. Ich weiß, dass du das Potential dafür hast, um dich gegenüber den andern Kandidaten zu beweisen. Es werden viele aus unseren Zirkel anreisen um sich dieser Prüfung zu stellen. Dennoch bin ich der Überzeugung, dass du meine richtige Wahl bist", gab der Kardinal Sera zu wissen.

Sera hatte allerdings nichts anderes erwartet. Sie war die Begabteste in diesem Kloster und wäre somit eine gute Wahl für eine Nachfolgerin des Kardinals.

Shafir gab der Hohen Priesterin zu verstehen, dass sie nun den Raum verlassen sollte. Das tat sie auch.

Sera musste sich auf diese Prüfung gut vorbereiten. Sie durfte die anderen nicht unterschätzen. Wie sie gehört hatte gab es noch zahlreiche andere Hohepriester, die sowohl dasselbe Potential, vielleicht sogar noch mehr, als Sera hatten. Um sich in Ruhe Gedanken über die Situation zu machen, ging sie in ihre Schlafkabine, um ein wenig zu meditieren. Es war schon spät, als Sera aus ihrer Meditation aufwachte. Sie war völlig erschöpft. Ihren Geist nach einer Meditation wieder in das Gleichgewicht mit dem Körper zu bringen, war um einiges schwerer, als gedacht. Während ihrer Meditation, hatte sie sich Gedanken darüber gemacht, was wohl wäre, wenn sie zur Kardinalin gewählt würde. Shafir war ein weiser Mann, der die Menschen zu einem guten Zusammenhalt inspirieren konnte. Er hatte sowohl ein großes Spektrum an Weisheit, aber auch die Güte und das Durchsetzungsvermögen um das Volk auf den richtigen Pfad zu führen.

An ihm wollte sich Sera ein Beispiel nehmen. Doch es kam ihr Zweifel, ob sie in der Lage wäre, eine genauso fähige Führerin zu werden. Mit diesen Gedanken schlief sie ein.

Kapitel III

Seit dem Gespräch mit Shafir sind mittlerweile ein Woche vergangen und Sera hatte in dieser Zeit ausgiebig an ihrer Beschwörungstechnik gearbeitet. Morgen war der entscheidende Tag, an dem ein neuer Kardinal das Amt des Alten ersetzen sollte.

In den letzten drei Tagen kamen viele Mitglieder des Zirkels nach Dustfall. Aus Nachbarländern, aber auch aus Übersee trafen sie ein. Anscheinend rankten die Wurzeln des Zirkels weiter, als von Manchem erwartet. Auch viele Besucher, die von diesem Szenario gehört hatten, reisten in Mengen an. Jeder interessierte sich dafür, wer zum neuen Kardinal gewählt werden sollte.

Tiaro war an diesem Morgen auf dem Markt um wie immer sein gejagtes Fleisch zu verkaufen. Er war verwundert wie viele Menschen sich auf dem Markt befanden, was aber seinem Geschäft nur zu Gute kommen konnte. Dennoch war er interessiert, warum eigentlich so viele Menschen sich plötzlich in der Stadt Dustfall aufhielten. Er sprach seinen Marktnachbarn an um dies zu erfahren. Dieser antwortete ihm, dass morgen ein Mitglied des Klosters zum neuen Kardinal gewählt werden sollte. Sofort kam Tiaro, die Hohepriesterin, die jeden Morgen über den Markt spazieren ging, in den Kopf.

„Sie müsste doch auch an dem Ritus teilnehmen, ich glaube, ich werde mir das Schauspiel anschauen." Dies sagte er sich in Gedanken und widmete sich weiter seiner Arbeit.

An diesem Tag war Sera sichtlich aufgeregt. Morgen war der entscheidende Tag, an dem ihre Zukunft entschieden werden sollte. Sera hatte sich in der letzten Woche ausgiebig mit der Beschwörungskunst befasst. Allerdings waren es nur kleine und schwache Dämonen, die sie beschwor. Die Prüfung bestand aus der Aufgabe einen Erzdämon zu fesseln. Diese waren um einiges mächtiger als die niedrigeren Dämonen. Heute, vor dem Tag der Entscheidung, ruhte sich die Hohepriesterin aus, um ihre Kräfte auf den morgigen Tag zu fixieren. Wie jeden Tag, ging sie auch heute über den Markt. Sichtlich erstaunt über die unzählige Menge an Menschen, die sich nur aus dem Interesse an dem neuen Kardinal in der Stadt befanden. Doch erwartete Sera heute eigentlich etwas anderes. Sie hoffte, wie auch jeden Tag dieser Woche, den einen Mann wieder zu sehen, der sie damals mit seinen Augen fesselte. Immer den Blick durch die Menge schweifend, doch vergebens, sie fand ihn nicht.

Heute war der Tag der Entscheidung. Es wurde in der Kathedrale der Kirche ein Beschwörungssaal eingerichtet. In der Mitte des Saals wurde ein Pentagramm auf den Boden gezeichnet, was für die Beschwörung von Wichtigkeit war, um den Dämon fesseln zu können. Sera war glücklicher Weise die erste, die ihr Talent zur Schau stellen sollte. Die Nervosität spiegelte sich in ihrem Gesicht wieder. Sie machte sich Gedanken, ob alles so ablaufen würde, wie sie es sich vorgestellt hatte.

Shafir saß auf einem Stuhl, der auf einem erhöhten Podest stand, um die Prüfung zu beobachten. Er stand auf. Dann begann er mit seiner rauen, lauten Stimme eine Rede:
„Liebe Mitglieder des Zirkels, wir haben uns hier heute versammelt um einen Nachfolger für mein Amt zu bestimmen. Wie verlangt werden die Kandidaten einen Beschwörungsritus durchführen. Wer welchen Erzdämon beschwört liegt ganz bei ihnen" – Er schaute die Kandidaten mit schweifendem Blick an – *„ich werde mich danach mit dem Rat besprechen und meinen Nachfolger bestimmen."*
Shafir's Blick wandte sich Sera zu. Er bat sie vorzutreten:
„Sera ich möchte, dass du als Erste beginnst. Ich gebe dir meinen Segen, damit du die Aufgabe erfolgreich bestehst."
Sera trat in das Pentagramm und begann mit ihrer Beschwörung. Sie sprach leise eine Formel. Langsam stieg ein Nebelschleier vom Boden herab. Es war kalt im Nebel. Man sah, dass Sera langsam die Kraft ausging. Sie riss sich noch einmal zusammen und bündelte ihre ganze Energie. Der Nebel verdunkelte sich, bis er komplett eine schwarze Farbe annahm. Die Hohepriesterin war komplett vom Nebel umhüllt, der sich immer weiter im Pentagramm ausbreitete und verdunkelte. Schwarze Blitze durchströmten den Nebel, als ob ein großer Sturm in ihm wütete. Alle im Saal blickten erstaunt auf den Nebelschleier und machten sich auf das Resultat gefasst.
Plötzlich trat Sera aus dem Nebel heraus. Der Nebel verzog sich langsam. Zu erblicken war ein großer Koloss, der eine Rüstung aus Schädeln trug. Dennoch waren es keine Toten Schädel. Es waren gefangene Seelen, die an den Dämon gebunden waren. Sie rangen aus ihm um zu fliehen. Doch vergebens. Man sah ihnen das Leid im Gesicht an. Sie kreischten still, auf Freiheit hoffend. Das Gesicht, des Dämon verbarg sich hinter einem Nebelschweif, dass nur das Leuchten seiner roten Augen durchdrang. Sera beschwor Camelos, einen der mächtigsten Dämonen in der Unterwelt.

Er hatte die Aufgabe, die verlorenen Seelen der Menschen an sich zu bannen und sie damit zu quälen.

Alle waren erstaunt über diese düstere aber dennoch imposante Gestalt. Einige wichen alleine nur aus Angst zurück. Sera wollte ihn gerade wieder zurück in die Unterwelt schicken, als Camelos plötzlich aufschrie. Er erhob seine Hand. Die Menschen, die vor ihm standen, setzte er mit einer Feuerwelle in Brand. Das totale Chaos brach in dem Saal aus. Shafir wurde sofort von seiner Leibgarde aus der Kathedrale geführt. Menschen schrien vor Schmerzen, die ihnen die Verbrennungen zufügten. Sie rollten sich auf dem Boden in der Hoffnung, das Feuer an ihrem Leib zu löschen, doch vergebens. Sie gingen elendig an den Qualen zu Grunde. Das Feuer stieg an den Gardinen, die an den Wänden des Saals hingen, auf. Sera konnte ihren Augen nicht trauen. Was hatte sie getan? Warum war das Monster nicht gefesselt? *„Wie konnte so etwas passieren"*, musste sie sich selber fragen, immer wieder mit der Angst, der Dämon könnte sich zu ihr drehen und sie auch mit den Flammen töten. Aber irgendwie war der Dämon nicht auf sie konzentriert. Es schien, als würde er sie gar nicht sehen können. Sie musste sich in Sicherheit bringen. Sera stand auf. Sie ging langsam in Richtung des Ausgangs. In der Luft lag der Geruch von verbranntem Fleisch. Der Boden wurde von Leichen bedeckt. Immer noch liefen einige Menschen, die in Flammen eingehüllt waren, orientierungslos durch die Kathedrale. Sie schrien um Hilfe.

Einige der Hohepriester versuchten mit ihrer Magie den Dämon aufzuhalten. Sie scheiterten aber an der Macht des Dämons. Jeder Feuerball, jede Lichtkugel und jeder Fluch prallte einfach an Camelo ab. Eine undurchdringliche Rüstung aus Seelen, die jeden Zauber in sich zogen und sie in die Weiten der Schattenwelt leiteten. Ein Kampf ohne Sinn auf einen Sieg.

Sera war mittlerweile zur Tür der Kathedrale gelangt. Sie öffnete sie und schritt hinaus. Die Sonne schien hell am Himmel. Trotzdem bemerkte Sera, dass das Licht nicht in die Kathedrale schien. Es war als ob eine dunkle Macht die Sonnenstrahlen in sich ein sog. Der Dämon verbreitete eine dunkle Aura, die ihn davor schützte dem Tod, durch die Strahlen, zu erliegen.

Die Nachricht über die fehlgeschlagene Beschwörung war längst an die Bewohner von Dustfall gelangt. Menschen liefen verängstigt über den Platz, als ob ihre Orientierung nachgelassen hatte und sie nicht wüssten wie sie sich in Sicherheit bringen könnten. Pferdekutschen rasten durch die Straßen, bepackt mit den wichtigsten Sachen, die die Bewohner in kurzer Zeit zusammen suchen konnten.

Was sollte Sera nur tun? Sie war verantwortlich für dieses Chaos. Einen klaren Gedanken in dieser Situation zu fassen war für sie nicht möglich.

Hinter ihr begann das Feuer durch das Dach der Kathedrale zu stoßen. Das Knacken der Holzbalken, die der Hitze nachgeben mussten, war zu hören. Ein schrecklicher Anblick, den Sera mit ansehen musste. Brennende Menschen die herausgelaufen kamen und schreiend vor Schmerz auf den Boden fielen. Sie versuchte die Flammen mit ihrer Magie zu löschen, konnte aber nichts gegen die Flammen der Unterwelt ausrichten. Ihre Künste waren einfach zu schwach. Ein lauter Krach ertönte. Sera sah, dass das Dach der Kathedrale in sich zusammenbrach. *„All diese unschuldigen Opfer, die ihr Leben lassen müssten"*, dachte Sera in diesem Moment. Plötzlich hörte sie erneutes Krachen. Geröll und Holz flogen in hohem Bogen in alle Richtungen, so als ob sich etwas seinen Weg aus dem ganzen Schutt, bannen wollte. Einiges Geröll benachbarte Gebäude, anderes unschuldige Passanten, die so schnell wie möglich versuchten ihr Leben zu retten. Eine große Staubschicht stieg über dem eingestürzten Gebäude auf. Sera wusste, was es war. Der Dämon würde nun auch der Stadt ihren Untergang bereiten. Alle Augen waren auf die Staubwolke gerichtet. Es war unerwartet ruhig, was allen kurz das Gefühl der Sicherheit bescherte. Doch der Schein trog. Als der Staub durch den Wind davon getragen wurde, stand der Dämon regungslos da. Er starrte in den Himmel. Es wirkte, als würde die Sonne ihm seine ganze Energie aus dem Körper saugen. Doch er wachte aus seiner Paralyse auf. Camelos nahm ein Buch, das an einem Seil um seine Taille gewickelt war. Er schlug es auf und sprach irgendeine Formel. Schnell legte sich ein schwarzer Nebel um seinen Körper, der ihn vor der Sonne schützte. Sera wusste genau was sie zu tun hatte, als sie das gesehen hatte. Ihr kam ein alter Zauberspruch in den Sinn, den sie einmal vor langer Zeit von Shafir beigebracht bekommen hatte. Mit ihm war es möglich, die Strahlen der Sonne auf einen Punkt zu bündeln um so ihre Energie um Einiges zu erhöhen. Sera ging auf den Dämon zu. Sie sprach leise eine Formel. Sofort begann sich das Sonnenlicht in ihrer Hand zu sammeln, formte sich zu einer Art Strudel, der immer weiter Licht in sich einsaugte. Der Dämon spürte die gesammelte Energie und wollte gerade auf Sera zustürmen, als sie jedoch schon die Hand ausstreckte und eine lange Lichtsäule auf ihn schoss. Er versuchte ihr noch im letzten Moment auszuweichen, aber es war schon zu spät. Die Lichtsäule traf ihn Frontal. Doch es sah so aus, als ob der Nebelschleier stark genug wäre um Sera's Attacke ab zu währen. Man sah Camelos, wie er sich mit aller Kraft gegen diesen Strahl auflehnte. Doch seine Anstrengungen waren umsonst. Mit einem Lauten Zischen durchschlug das Licht den Nebel, der den Dämon umschlang und traf auf dessen Rüstung. Selbst die verlorenen Seelen konnten nichts gegen diese Energie ausrichten. Von der Sonne verzehrend, machten sie den Weg zu Camelos Leib frei.

Der Dämon schrie vor Schmerzen auf, als das Licht durch seinen Körper drang um auf der anderen Seite wieder auszutreten. Sera war guter Hoffnung, dass sie den Dämon besiegt hatte. Allerdings waren das falsche Hoffnungen. Camelos rappelte sich auf. Sein Blick richtete sich auf Sera. Die Verachtung für sie, sah man ihm an seinem Blick an. Er trabte auf die Hohepriesterin zu, angetrieben aus purem Hass gegen sie. Sera wusste, dass wenn sie jetzt nicht anfinge zu laufen, sie dem Tode geweiht wäre. Sie drehte sich um und lief in die Richtung einer kleinen Sackgasse. Passanten, die ebenfalls auf der Straße vor dem Monster flüchteten, erschwerten Sera das Vorankommen. Jeder, der zu langsam war und nach Hinten fiel, wurde von Camelos in der Luft zerrissen oder verbrannte an den tödlichen Flammen, die aus seinem Maul schossen. Der Dämon holte immer mehr an Abstand auf, da die Priesterin geschwächt von der Beschwörung und von dem Lichtzauber war.

Sie bog in die nächste Gasse ein und lief immer weiter. Hinter ihr kam Camelos um die Ecke. Er riss ein Stück der Hauswand mit. Dieser Gang war zu eng für ihn, da seine Schultern immer wieder gegen die Wände der Häuser prallten und Wandbrocken auf den Boden fielen. Sera merkte, dass sie immer langsamer wurde. Die Luft erhitzte sich und der Dämon kam immer näher. Er machte sich bereit um im Laufen einen Flammenball auf Sera zu feuern. Sie wusste nicht mehr, wo sie noch hinlaufen sollte. Die Hohepriesterin machte sich für ihren Tod bereit. Der Feuerball flog direkt auf sie zu. Im letzten Moment bemerkte sie, wie etwas sie am Handgelenk packte. Sie wurde durch eine Tür in ein Gebäude gezogen und die gesamte Szene verschwand in undurchsichtigem, schwarzem Nebel.

Nachwort

In der Geschichte „Liebestod" geht es um einen Jäger und um eine Hohepriesterin, die trotz verschiedenen Lebensverhältnisses, Zuneigung zu einander finden. Zusammen machen sie sich auf den Weg, um einen Erzdämon aus der Unterwelt zu bezwingen. Auf dieser Reise muss die Priesterin eine wichtige Entscheidung in ihrem Leben treffen. Entscheidet sie sich für den Tod oder die Liebe und somit für das Leben?

Am Anfang war es für mich richtig schwer etwas zu finden, worüber ich schreiben konnte. Zuerst wollte ich etwas Realitätsverbundenes schreiben, dann konnte ich mich dazu aber nicht überwinden. Mir kam aber, irgendwann in der Mitte der ersten Woche, der Gedanke, etwas Fantasievolles zu schreiben. „Abschalten von der Realität und die Fantasy spielen lassen". Dieses Motto habe ich mir zu Herzen genommen. So kam dann auch meine Geschichte zu Stande. Ich tat mich recht schwer damit. Die Kompetenz dafür aufzubringen, mich zusätzlich von der Muse beeinflussen zu lassen, war wohl das Schwerste, um die Geschichte voran zu treiben. Manchmal saß ich einfach vor dem Laptop, konnte aber Nichts tippen. Trotzdem bin ich zufrieden mit meiner Geschichte. Ich hoffe, dass sie einige Leser mögen.

"Die Schlacht der Erben"

Es ist ein sonniger Tag als die Truppen der CSM 14/3/31 auf dem Planeten Tarsis landen. In der Ferne hören die Frauen und Männer der Einheit einige Explosionen. Sie wissen, dass der Krieg gegen die technisch unterlegenden Orks, die vom Planeten Krutar kommen, jetzt schon seit 10.000 Jahre tobt und sicher kein Ende nehmen wird. Die Truppen verlassen den Frachter und werden von Jayden empfangen, einem der vier Herrscher der CSM. Er ist mit seinen 2,30 m eine sehr beeindruckende Erscheinung. Er trägt eine dicke Terminatorrenrüstung, in einer Hand hat er das Schwert "das Schwert Horus" die andere Hand ist von einer großen Kralle umschlungen. Er teilte die Leute auf die Zelte ein und gab ihnen ihre Aufgaben. Der Rest des Tages ist entspannt. Langsam geht die Sonne unter.

Eine 3 Mann starke Gruppe ist zum Nachtdienst eingeteilt. Like, ein Offizier mit einer schon stark gezeichneten Rüstung, ist ein Teil der Gruppe, sowie Unteroffizier Nio und der Gefreite Juliet. Auch die beiden tragen eine dicke Rüstung wie Like. Die Uhr zeigt 02.33 als sie einen Knall in der Nähe hören. Sie schauen sich um, aber es ist nichts zusehen, das Lager ist ruhig. Sie gehen in die Richtung, aus der der Knall kam. Nach ein paar Sekunden kommen sie zu einer Lichtung. Da liegt ein Ork. Seine Atmung ist flach und schnell. Like sucht beim Ork nach Einschüssen. Er findet aber keine. Nur zwei große Schnitte an Bauch und Rücken. Juliet fragt ob dem Ork was passiert ist, doch er bekommt keine Antwort. Like und Nio sichern derweil die Umgebung. Plötzlich hören sie einen Aufschrei von Juliet. Sie drehen sich zu ihm um und sehen, wie sich eine Kreatur mit vier Armen aufrichtet und zum Schlag ausholt. Juliet springt ein Stück zurück und greift zu seiner Waffe. Doch Like ist schneller und schießt ca. einen Zentimeter an Juliet vorbei und trifft die Kreatur am

Kopf, die gleich darauf zu Boden geht. Juliet schaut sich erschrocken um, anschließend dreht er sich wieder zur Kreatur. Like richtet die Waffe wieder weg und sieht die Kreatur an. „Wir machen uns umgehend auf den Weg ins Lager und nehmen das da mit." gab Like Nio und Juliet zu wissen.

Am nächsten Morgen sieht, man wie ein Wissenschaftler durch das Lager läuft. Er ist auf dem Weg zum Zelt von Jayden um Bericht zu erstatten. "Sir, wir haben die Kreatur untersucht." sagt er zu Jayden. „Was ist es?" erwidert er. „Es ist eine reine Biomasse, die Anzeichen von Drohnen hat." Gibt der Wissenschaftler ihm als Antwort. „Heißt das, es gibt noch mehr von denen da draußen?" fragt Jayden überrascht und schaut zum Wissenschaftler herüber. „Ja, aber nicht nur das, sie haben auch ein sogenanntes Schwarmbewustsein." lässt er Jayden wissen. " Was heißt das für uns?" fragte Jayden nach. "Das heißt, dass sie wissen, was untereinander passiert und auch wenn eine getötet wird. Sie wollen sicherlich wissen warum?" meinte der Wissenschaftler. „Danke ihr könnt weiter machen." sagt Jayden und dreht sich um. Der Wissenschaftler geht aus dem Zelt.

Like kommt in das Zelt, sieht zu Jayden und sagt: „Ihr wolltet mich sprechen?" Jayden dreht sich zu ihm um und nickt ihm zu: „Ja, wir müssen eine Aufklärungsgruppe zusammen stellen und herausfinden, was das für Kreaturen sind. Ich überlass dir die Auswahl der Truppe. Viel Erfolg." sagt Jayden und dreht sich zu einer Karte die auf einem Tisch liegt. Like sagt nix, er dreht sich um und geht raus. Draußen auf dem Platz lässt er seine Truppe antreten. „Hört mal Leute, wir haben eine Aufklärungsmission." Er sieht die Leute an und sagt weiter: „Einige von euch werden es nicht Überleben." Ein Raunen geht durch die Gruppe. „Freiwillige vor." sagt Like. Er sieht, wie sich zehn Leute nach vorne bewegen. "Sehr schön, macht euch soweit fertig. Morgen um null siebenhundert brechen wir auf." gibt Like ihnen zu wissen.

Der Tag geht zu Ende, die Nacht ist klar, die Sterne sind zu sehen und der Mond ist voll. Nio und Zhellur haben Wachdienst, doch sie können sich nicht konzentrieren, da ihnen die Mission und die Worte von Like, das nur wenige überleben werden, durch den Kopf gehen. Nio sieht Zhellur an und sagt: „Ich werde es nicht ertragen wenn dir etwas passiert, warum hast du dich gemeldet?" „Ich will dich nicht verlieren und wenn wir schon sterben, dann will ich an deiner Seite bleiben und dir in die Augen schaun." erwiderte Zhellur und gab ihm einen Kuss.

Die Sonne geht auf, die Truppe macht sich auf den Weg. Die erste Stelle, an der sie suchen, ist die Lichtung mit dem toten Org. Sie suchen nach Spuren. Nach ein paar Minuten sagt Darkra: „Hier sind welche." Die Spuren gehören keiner ihnen bekannten Lebensform. Sie kommen aus dem Wald. „Wir werden ihnen folgen." sagte Like und zeigt in die Richtung von der die Spuren kommen. Nach drei Stunden kommen sie an einen Berg der nicht hoch ist, mit einem Höhleneingang. Es scheint als würde der Weg in die Höhle nach unten in die Erde gehen. „Das sehen wir uns genauer an und haltet eure Waffen bereit, falls wir kämpfen müssen." sagt Like zu seiner Truppe. Sie gehen los.

Zur selben Zeit im Lager bekommt Jayden einen Bericht, dass es Aktivitäten auf einer großen Ebene in der Nähe gibt. Abadon läst das Lager räumen und die Truppen antreten. Die Truppen brechen, auf um die feindlichen Orks abzufangen, um Schlimmeres zu verhindern. Als sie an der Ebene an kommen, sehen sie, wie sich Tausende von Orks zum Kampf bereit machten. Jayden gibt einem Soldat den Befehl, die Verstärkung der Taus zu rufen. Der Soldat macht sich auf den Weg zum Funker und meint: „Schnell funk Alarm. Wir brauchen die Taus als Verstärkung und was ist mit Like und der Aufklärungsmission?"

Der Funker beginnt gleich mit der Arbeit und fängt mit dem Ruf nach Verstärkung an. Er greift das Gerät und nimmt es in die Hand und sagt: „Kontakt 386 ruft Alarun, bitte melden." Eine Weile bleibt es still. „Das Schiff der Gardien wartet auf die Befehle" dringt eine Stimme vor. „Wir brauchen Verstärkung. Die Landekoordinaten sind 145/129" gibt der Funker durch. "Ok, die Truppen sind unterwegs" gibt die Stimme zurück. Anschließend gibt der Funker einen zweiten Funkspruch ab „Kontakt 386 ruft Offizier Like, bitte um Meldung." Wieder bleibt es eine Weile still, der Funker wiederholt den Funkspruch und wieder nix. Der Funker sagt zum Soldat: „Gib Jayden Bericht, das die Verstärkung kommt und das wir keine Antwort von Offizier Like bekommen." Der Soldat rennt wieder los und gibt Jayden den Bericht. Er dreht sich zu den Truppen und sagt, dass sie sich für die Schlacht fertig machen sollen.

In der Höhle geht die Suche nach den Kreaturen weiter. Sie dringen immer weiter in das unbekannte Gebiet vor. Like versucht Kontakt zu Jayden zu bekommen, aber nix. Die Wände der Höhle blockieren die Funkwellen. „Da drüben ist was" sagt Zhellur. Alle schauen rüber, aber es ist nix zusehen, ein Lampenschein huscht an der Wand entlang. Der Schein bleibt an einer Stelle stehen, wo ein Loch in der Wand ist, die in einen Raum führt. Die gesamte Truppe hält die Luft an als sie den Raum betreten, der durch den Schein der Lampe erhellt wird. Ein riesengroßer Raum mit Tausenden von den Kreaturen, die sie suchen. Sie wollen sich gerade wieder auf den Weg nach draußen machen, als sie merken, das eine Kreatur sie entdeckt hat. Die meisten der Leute schauen zu Like und fragen sich; was machen wir jetzt? Like sieht sich um und gibt per Handzeichen zu verstehen, das sie sich eventuell nach draußen kämpfen müssen. Kurz darauf hört er, wie die Waffen durchgeladen werden. Er merkt noch an, dass nicht eher geschossen wird, bis es auch Not tut. Sie drehen sich um und wollen gerade raus gehen, als sie ein Brüllen hören. Sie drehen sich wieder zum Raum und trauen ihre Augen kaum, als sich eine ca. 20m große Kreatur auftürmt und durch die Decke der Höhle stößt. Die Leute rennen raus, gefolgt von einem Haufen der vierarmigen Kreaturen. Einige Schüsse fallen, aber es bringt nix: Draußen sehen sie die große Kreatur, die eine Art Biowaffe am Körper trägt. Keiner weiß, wie viele genau da unten sind, aber eins wissen sie, sie müssen die anderen aus dem Lager warnen. Sie laufen Richtung Wald, aus dem sie gekommen sind, um sich in Sicherheit zu bringen.

Nach einigen Minuten hören sie einen lauten Knall. Like schaut wo es her kommt, er sieht wie Feanig ein stark blutendes Loch im Bauch hat. Dann bricht Feaning zusammen und ist sofort tot. Die restlichen Leute bilden einen Kreis und halten die Waffen im Anschlag und wieder ein Knall. Ein Schuss löst sich aus der Waffe von Eolaro. Asmorida schreckt zusammen, bliebt aber konzentriert, eine Weile nix, dann wieder ein Knall, ein Schrei der von Eolaro kommt, bei dem sich eine breite Wunde am Rücken auftut und ihn qualvoll verenden lässt. Alle andern schießen ziellos in die Bäume und bewegen sich Richtung Lager. Im Lager kommen sieben Leute an. Sie sind überrascht, als sie sehen, dass das Lager leer ist. Auf einmal sind sie eingekreist von den Kreaturen. Eine Reihe von Schüssen fällt, ein Haufen der Kreaturen stirbt, eine grausame Schlacht tobt. Viele der Kreaturen sind schon tot, doch einer von ihnen kommt an die Gruppe ran um einen Schlag zu landen. Ein Schrei, Zhellur geht zu Boden, Nio sieht rüber und sieht sie da liegen. Er zieht ein Schwert und rennt auf die Kreaturen los. Eine Kreatur nach der anderen fällt zu Boden, dann ist Nio am Ende seiner Kraft angekommen und wird von drei Kreaturen getötet.

Der Himmel über der Ebene wird dunkel und es beginnt zu regnen. Ein Blitz in der Ferne, ein Donnern ertönt. Ein Soldat rennt durch die Truppen Richtung Jayden. „Sir, wir haben einen Funkspruch von Offizier Like bekommen. Sie wurden in einen Hinterhalt gelockt und angegriffen. Wir haben versucht raus zu finden was passiert ist, aber nix kam zurück." sagt der Soldat. Jayden dreht sich zu den Orks, dann wieder zurück, Er gibt den Befehl zum Angriff und zich tausende von Frauen und Männer stürmen an ihm vorbei in Richtung der Orks. Die Okrs tun es den Soldaten gleich und rennen los. Die beiden Fronten prallen aufeinander, schon nach wenigen Sekunden ist der Boden mit Blut getränkt. Jayden steht auf einer kleinen Anhöhe und sieht viele seiner Leute und auch viele Orks sterben, doch ein Ork sticht ihm ins Auge, er ist größer und stärker als die andern Orks. Jayden macht sich auf den Weg, um den Ork zu töten. Er kämpft sich durch die Massen aus Gegnern und richtet einen Ork nach dem anderen nieder. Jayden und Frelander der Kriegshäuptling der Orks stehen sich gegenüber und beginnen mit dem Kampf. Keiner der beiden kann einen Treffer landen.

Ein Loch in der dunklen Wolkendecke tut sich auf, einige große Schiffe beginnen hinter der Front der Orks zu landen. Tausende Feuerkrieger breiten sich aus und beginnen sofort mit dem Feuer auf die Orks. Alarun verlässt das Schiff und geht auf Jayden zu, als er sieht das Jayden mit Frelander kämpft, um ihm zu helfen. Alarun bleibt erschrocken stehen, als er aus der Ferne eine Horde Monster auf das

Schlachtfeld zukommen sieht. Er schreit zu Jayden, dass das die Tyraniden sind. Eine uralte Rasse die nur auf Zerstörung aus ist. Jayden reagiert und sieht zu Alarun. In dem Moment bekommt er einen gewaltigen Schlag von Frelander und geht zu Boden. Der Ork holt zu einem großen Schlag aus, kann ihn aber nicht ausführen, da er einen Schuss in die Brust bekommt. Der Ork taumelt zurück und geht dann zu Boden. Alarun schaut, wo der Schuss her kommt und sieht auf der Anhöhe steht Like und der Rest der Truppe. Sie feuern um sich und strecken einen Haufen Orks und Tyraniden nieder, doch es reicht nicht. Es sind einfach zu viele auf beiden Seiten. Jayden ruft zu Alarun: „Alarun, führt den Befehl 583 aus." Alarun reagiert, bewegt sich in Richtung Transporter und steigt ein. Die Tür schließt sich und das Schiff hebt ab.

Jayden und seine Truppen kämpfen weiter und töten so viele Orks und Tyraniden wie sie können. Jayden bekommt einen Funkspruch: "Befehl 583 wird ausgeführt."

Alarun steht auf der Brücke der Gardien und sieht auf den Planeten runter. Ein hell leuchtender Strahl trifft den Planeten in der Mitte, eine Weile passiert nix. Nach ein paar Sekunden beginnt der Planet zu leuchten und anschließend fällt er in sich zusammen. Alles und jeder ist tot. Alarun gibt einen letzten Funkspruch ab: „Die Gardien ruft Furyx." eine Stimme antwortet, „Hier Furyx, Gardien berichtet." „Der Planet Tarsis ist zerstört, Befehl 583 wurde ausgeführt, Jayden und seine Truppen sind tot, keine Überlebende, außer den auf der Gardien stationierten Leuten. Bewegen uns weiter Richtung Sektor 70482." sagte Alarun. „Bericht ist angekommen, gebe ihn weiter an Tyradis."

Rabenflug

Cindy Einhorn

Elf Raben flogen aus nach jener Neujahrsnacht
Unter ihnen die weiße Bracht
Schimmernd auf Feld und Wald
Ach, wie war es ihm so kalt
Dem kleinen Sternensänger

Gejagt von einem Traum, Nacht für Nacht
Hat er ihm um den Schlaf gebracht
Hat er ihm dazu erlassen
seine einzig gebliebene Familie zu verlassen
So musste er nun gehen

Einer Stimmte ganz vertraut
Folgte der Knabe ihren Lauf
Sie gab ihm keine Ruh' und führte,
wie er bald spürte,
den Knaben zur schwarzen Mühle.

Schweißbenetzt griff er die Tür
Sein Herz laut pochend, diese Gier,
die die Stimme verlangte,
die sich um den Knaben rankte,
erlosch in Kerzenlicht

Verhüllt die Fenster wie mit Kleister
Saß der Müllermeister
Hinter einem dunklen Tisch
Und bat den Jungen zu sich
Lächelnd, doch ernst entgegnete der Meister ihm

Er fragte den Buben:
„Was soll ich dich lehren? Müllern?"
„Müllern..."
„ Oder... oder das andere auch?"
„Das andere auch!"

Des Meisters linke Auge bedeckt von einem Pflaster
Schwarz und kann doch alles sehen
So hielt er die Linke hin
So ist es um den Burschen geschehen
Er schlug ein, so verlangte es der Brauch.

So war es vollbracht
In dieser Nacht
So sprach der Meister
„Dreht sich das Mühlrad endlich weiter"
Stolz zu seinen elf Raben.

So unterlag zunächst der Lehrling der Gesellen Joch
Der Altgeselle jedoch
Nahm ihn stets in Schutz,
Für andere war der Knabe nur Schmutz,
was sich später sicher wandte

Geackert wie ein Ochs', geplagt von seinem Schmerz
blieb er tapfer und vergangen war der März
Die Mühen sollten ihn belohnen
Nun nahmen der Meister und die Gesellen voller Frohen
Den Knaben auf in ihrem Kreise.

Ganz gespannt, was in der schwarzen Kammer
sich verbarg, „Welch ein Jammer,
dass ich das nicht wissen darf."
Ein Geselle ihn schnell unterbrach
„Das wirst du bald erfahren, schon heute Nacht."

Sie gingen in die Kammer hinein
Wenig Licht, nur Kerzenschein
Der Meister trat hinter dem Buch hervor
auf schwarzen Grund schien weiße Schrift empor
Er las aus dem Koraktor

Das andere war die Schwarze Magie
dem Knaben widerfiel
jeglich Wort aus ihm heraus
Es führte nun kein Weg mehr aus
Man trennte ihn vom Menschensein

Zur Osternacht wurden sie gebeten
Sich an einem Ort zu begeben
Wo ein Mensch grausam sein Leben ließ
die Stirn befleckt von verkohltem Spieß
ein Drudenfuß, das Mal der geheimen Bruderschaft

So wuchs ihm ein Rabenkleid
Flog mit den Elf über Tal und Heid'
Sein Blick gelenkt auf einem Mädchen
Ihr Antlitz war so schön, wie ein Märchen
Das Starren des Falken unbemerkt

Dass Liebe töten kann, weiß man ja
Ist auch ein Grund Jahr für Jahr
Zu nehmen einen aus der Reihe
Ein Leben, was dem Meister Jugend verleihe
Einer, der für den Meister springt

Es gab für niemanden einen Ausweg mehr
Ihr Leben gaben sie den Meister her
Unter Erde vergrub man jenes Leben
Jene, die sich dem Schicksal hingegeben,
was nicht mehr von Bedeutung war

Mit seiner Magie blendete er sie alle
Sie saßen wie Mäuse in der Falle
Wartend, wer der Nächste sei
Gleichgültig auch die Liebelei
Ein Opfer für den Gevattern zu sein

„ Höre auf dein Herz, ich werde dich vermissen.“
Flüsterte man dem Burschen in seinem Kissen
Wegen Liebe vom Mitgesellen verraten
Musste einer gefrorenen Boden graben
Dies sollte die letzte Arbeit sein

„Wer stirbt, bestimme immer noch ich!
Nimmt ihn herunter. Tot nützt er mir nichts!"
Sprach der Meister zu seinen Gesellen.
Einer hing röchelnd an den hellen
mit Mehl bedecktem Galgenstrick.

Jeder wollte von der Mühle fliehen
Sich des Meisters Klauen zu entziehen
Auch der Knabe rannte weit in die Welt
und doch weinend zu Boden fällt
als das blühende Feld herbstlich die Mühle zeigte

Um des Meisters Blick nicht zu ernten
Traf der Junge sich tief unter der weit entfernten
Baumwurzel heimlich mit seiner Lieben
Geschützt von Heuchelei und Dieben
Wie im Kreise aus der Magie gebannt

Sie befürchtete, sie hätte ihn längst verloren
Ihr Herz wäre zu Eis gefroren
Er küsste sie und sprach ganz sacht
„Versprich mir in der Sylvesternacht
mich frei zu bitten, damit alles ein Ende hat."

Um des Meisters Tücken zu entgehen
Musste man der Magie widerstehen
„ Standfest und ganz musst du sein."
„ Aber wie? Hier gibt es kein',
dem ich noch irgendwie vertrauen kann."

„Höre auf dein Herz, es wird dir zeigen.."
Der Knabe schrak zurück mit bleichem
Gesicht, zu seinem Mitgesellen gewandt
„Dann bist Du mit mir seelenverwandt,
den mir die Stimme träumend geflüstert hat?"

Immer Näher rückte nun Sylvester
Der Meister glaubte immer fester
von dem einen Mädchen zu ahnen
Auch die andren zu ermahnen,
sie freiwillig für sie über Klinge springen zu lassen

Er hatte den Burschen lieber gehabt
So wäre gebrochen seine Macht,
Wenn er darauf eingegangen
etwas Höheres zu erlangen,
An Stelle des Meisters zu treten

„Das Leiden habe ich so satt, diese Stille
Mag mich ausruhen, dies sei mein Wille."
Doch der Bursche widersetzte sich seinem Wort
„Wie du willst. Dann nimm dir die Schaufel dort,
Grabe ein tiefes Loch, das ist deine letzte Tat."

Der Abend brach schleichend herein
und beendete die Scherereien
Trostlos und traurig saßen sie auf ihren Betten
„Ach, wenn wir nur die Kraft hätten..."
Weinend wogen sie sich in den Schlaf.

Plötzlich riss der Meister die Tür
„Kommt alle zu mir!"
Fragend, was los sein muss
liefen die Zwölf am Abendschluss
in die schwarze Kammer und waren gespannt.

„ Nun, mein Kind, darf ich wissen,
was dich hat hierher gerissen?"
Gierig zogen seine Blicke, unbestritten.
„ Ich möchte einen Jungen frei bitten."
sprach das Mädchen ängstlich mit großen Augen

Er führte sie hinein, knarrend die Dielen klangen
In der Kammer auf den Stangen
Saßen still zwölf Raben
Starrend und gaben
kein einzig Ton von sich

„Wenn du deinen Lieben wirklich kannst erkennen
unterm Federvieh, so du musst ihn mir nennen.
Wenn es dir sollte nicht gelingen,
werdet ihr um euer Leben ringen."
Scharf und irreführend waren seine Blicke.

Ein tiefer Atemzug, ihre Augen waren geschlossen
Blut sich in die Venen geschossen
Sie ging zitternd um die Reihe
Und stand für eine kurze Weile
an einem Fleck, als ihr Herz am lautesten pochte

Das Mädchen zeigte mit großer Gewissheit
auf einen Raben mit seiner Einzigartigkeit
Fest entschlossen sah sie ihn an
worauf der Müller begann
Fassungslos und erstaunt sich an seinem Tisch zu stützen

Die Raben flogen krächzend um den Meister
pieksten, scharrten, hackten ihn, dreister
als er es mit ihnen ständig tat
Und der Bursche vor ihn trat
Ihn mit Abscheu nur bespuckte.

„Gegen Liebe hast du wohl keinen Zauber?"
Er wischte sich die Schulter sauber
„ Ich kann nichts machen, ihr seid alle frei
nun geht und lasst mich jetzt allein!"
Dem Gevattern war es egal, wen er holen sollte.

Hinter sich schlossen sie das Mühlentor
reihum jeder die Magie verlor
Als sie erleichternd zurück blickten
Mit einem Ruck die Wänden sich zerpflückten
und das Mehl den Boden wie Schnee bedeckte.

Der Pechvogel

Kennt ihr das auch, dass ihr nachts Schweiß gebadet aufwacht und euch denkt, was war das nur wieder für ein schlimmer Albtraum?

Florian ist ein fünfzehn jähriger Junge, der zusammen mit seinem Vater Hans, seiner Mutter Katrin und seinen beiden großen Geschwistern Johanna und Peter in der Wales-Street 88 in New York lebt. Die zwei älteren Geschwister besuchen die EF High School in New York.

Eines Nachts wachte Florian Schweiß gebadet auf. Er hatte ein Geräusch im Flur gehört. Florian sprang aus dem Bett, zog sich seine Hose an, schlüpfte in seine Latschen und schlich sich leise raus in den Flur. Es war still. Keiner zu sehen, keiner zu hören. Leise schlich er sich die Treppe hinunter. Plötzlich ertönte ein Geräusch aus Johannas Zimmer. Florian ging hinüber um nachzusehen, was passiert war. Er klopfte an ihre Tür, aber niemand antwortete.

„Das ist echt komisch" sagte er. Leise ging Florian die Treppe wieder hinauf, zurück in sein Zimmer. Am nächsten Morgen wurde er unsanft durch seinen Wecker geweckt. Florian stieg aus dem Bett, zog sich seine Hose und sein T-Shirt an, ging aus dem Zimmer, den Flur entlang, die Treppe hinunter bis zur Küche. Dort stand seine Mutter mit seinem Pausenbrot in der Hand: „Hier mein Sohn, viel Spaß in der Schule." Peter schrie von oben: „Warte auf mich, ich komme mit. "Beide gingen aus der Haustür in Richtung Haltestelle, wo der Bus auch einige Sekunden später abfuhr.

In der Schule angekommen, sahen sie, wie Johanna heulend auf der Bank vor dem Schulhof saß. „Was ist denn passiert Johanna?" fragte Peter. „Ach weißt du Peter, ich habe mich gestern mit meinem Freund Miguel gestritten und jetzt weiß ich nicht, was ich machen soll!" „Johanna, ich rate dir noch einmal mit ihm zu reden, dann wird schon wieder alles gut." „Ja, das werde ich wohl auch machen." Peter, Johanna und Florian machten sich auf den Weg in die Klassenräume. Nach der Schule trafen sich die Drei wieder an der Bushaltestelle und fuhren gemeinsam nach Hause. Dort angekommen wartete auch schon sehnsüchtig die Mutter.

„Was war denn eigentlich gestern Nacht los? Habt ihr irgendetwas mitgekriegt?" Florian antwortete: „Ja, ich weiß auch nicht, aber ich habe etwas gehört, doch als ich aus meinem Zimmer ging um nachzusehen, war alles wieder ruhig." „Ok, dann werden wir jetzt erstmal essen. Ich habe Hühnersuppe gekocht." Nach dem Essen gingen Peter und Florian rauf in ihre Zimmer. „Du sag mal Peter, kann es sein, dass Johanna sich schon wieder ein bisschen beruhigt hat?"
„Hmm, ich kann mir denken, dass sie Miguel in der Schule irgendwie getroffen hat." „Na ja, das ist aber Ihr Ding, da mischen wir uns nicht ein."

Nach zehn Minuten kam auch Johanna ins Zimmer. „Jungs, habt ihr Lust mit mir in den Park zu gehen?" Nein, wir bleiben hier, wir wollen noch ein wenig fernsehen." „Ok, dann geh ich halt alleine." Am Abend kam ein Anruf. Am Telefon war Johanna.

Peter: „ Was ist denn los?" „Ach Peter, ich habe mich verlaufen, ich weiß nicht wo ich hier bin, helft mir." „Sag uns doch wo du bist." Tuuuuut. Florian: „Johanna hat aufgelegt." „Wir müssen sie suchen Flo." Beide zogen sich ihre Schuhe an und rannten aus dem Haus, die Straße hinunter bis zum Park. Im Park angekommen sahen sie, wie Johanna auf einer Bank saß und zitterte. „Komm Johanna, wir gehen nach Hause und dann erzählst du uns was passiert ist." Als die Drei wieder zu Hause angekommen waren, war es mittlerweile stockdunkel. Im Haus aber brannte noch Licht. Johanna, Peter und Florian setzten sich ins Wohnzimmer und redeten über den Vorfall im Park. „Was war denn nun los im Park?" Du rufst uns an und meintest du hast dich verlaufen. Wir rennen los und was sehen wir? Du sitzt auf der Bank genau am Anfang. Wir haben uns Sorgen gemacht." „Ach wisst ihr, ich wollte nicht alleine sein. Ich habe richtig Panik bekommen als es dunkel wurde." „Warum bist du denn dann nicht nach Hause gekommen Johanna?" fragte Peter. „Ja das kann ich dir auch nicht sagen! Ich war ein wenig durcheinander." „Na ja, lass uns schlafen gehen. Morgen ist wieder ein langer Tag." Es wurde still.

Am nächsten Morgen erzählt Johanna ihrer Mutter von dem Vorfall im Park. Mutti: „Ich weiß auch nicht, aber in letzter Zeit passieren komische Dinge." „Heute Nacht habe ich davon geträumt, dass ich nur noch eine Woche zu leben habe." „Ach Johanna so ein Quatsch, das war doch nur ein böser Traum." Johanna antwortete: „Ja das war es wohl." Sie wandte sich von ihrer Mutter ab und ging in den Garten. Draußen angekommen kam ihr eine Idee. „Ich könnte doch heute mal damit anfangen zu versuchen meine Beziehung wieder in den Griff zu bekommen." Johanna ging ins Haus, geradewegs in ihr Zimmer, nahm ihre Tasche und machte sich auf den Weg zur Bushaltestelle. Dort sah sie wie Peter gerade aus dem Bus ausstieg. Sie rief: „Peter halt den Bus auf." Aber als Peter sich gerade umdrehen wollte, um es dem Busfahrer zu sagen, war der Bus bereits wieder weg. „Och Mann Peter, du bist aber auch manchmal eine Schlaftablette. Jetzt muss ich zu Fuß nach Bloomfield laufen." „Komm ich werde dich mit dem Auto hin fahren." meinte Peter. Beide gingen zurück zum Haus. Peter lief schnell rein um seine Autoschlüssel zu holen, aber dort angekommen passierte etwas ganz unvorhergesehenes.

Als Peter die Treppe hinauf lief, rutschte er aus und fiel rückwärts die Treppe hinunter. „Au." schrie er. „Peter was ist denn los?" „Johanna komm schnell. Ich glaube, ich habe mir mein Bein gebrochen." Johanna lief so schnell sie konnte ins Haus. Da lag Peter auch schon auf dem Boden. Sie hob ihren Bruder erstmal hoch um ihn wenigstens auf die Treppenstufe zu setzten. Peter aber konnte überhaupt nicht auftreten. „Hol Mutter," meinte er.

Johanna lief los um ihre Mutter zu suchen. Katrin saß mit ihrem Mann Hans im Garten. „Mutter komm schnell, ich glaube Peter hat sich das Bein gebrochen." Katrin lief so schnell sie konnte ins Haus zu ihrem Sohn. „Was ist denn nun wieder passiert Peter?"

„Als ich die Treppe hinauf gehen wollte bin ich umgeknickt und gestürzt und jetzt kann ich mein Bein nicht mehr bewegen." „Los wir fahren ins Krankenhaus, das müssen wir nachgucken lassen." Die Mutter nahm den Autoschlüssel, hakte Peter unter und ging in Richtung Auto.

Auf dem Weg ins Krankenhaus passierten unvorstellbare Dinge. Eine Frau ging über die Straße, ohne auf den Verkehr zu achten. Katrin hupte, aber nichts geschah. Die Frau ging einfach weiter. Katrin sprang auf die Bremse. Sie musste so scharf bremsen, dass der Wackeldackel durchs Auto flog. Als sie dann zum Stehen kam, kurbelte sie das Fenster runter und sagte: „Sie können doch nicht einfach so über die Straße gehen ohne zu gucken." Nichts passierte. Die Frau ging einfach weiter und bemerkte gar nicht, dass man sie ansprach. Katrin fuhr wieder los.

Im Krankenhaus angekommen, musste Peter noch fast zwei Stunden im Wartebereich sitzen. Dann endlich rief die Schwester ihn ins Sprechzimmer. Dort wartete der Arzt schon auf ihn. „Was ist denn mit ihnen passiert?" „Ich bin zuhause die Treppe runter gefallen." meinte Peter. „Na dann zeigen sie mal her!" „Ja das sehe ich schon, das muss geröntgt werden. Gehen sie den Gang hinunter, dann links und auf der rechten Seite warten sie auf die Schwester. Sie übernimmt dann weiteres." Als die Schwester dann kam nahm sie Peter mit in den Röntgenraum. „Setzen sie sich bitte auf die Liege und machen ihr Bein schon mal frei. Nachdem sie es geröntgt hatte, ging Peter wieder zum Behandlungsraum. Nach kurzer Zeit kam der Arzt mit den Röntgenbildern. „So Peter dann kommen sie mal mit rein." Der Arzt schob das Bild in den Projektionsapparat. Ja, meinte er das ist nur eine leichte

Verstauchung. „Wir machen da jetzt einen Salbenverband drum und dann heißt es Bein hoch und kühlen."

Nachdem das geschehen war bedankte sich Peter und ging mit seinen Gehhilfen in Richtung Auto, wo seine Mutter ihn schon sehnsüchtig erwartet. Und? Fragte sie: „Was hat der Arzt gesagt?" „Es ist nur eine leichte Verstauchung." „Na, da hast du aber noch mal Glück gehabt Peter" Katrin versuchte den Zündschlüssel umzudrehen um das Auto zu starten, aber es passierte nichts. „Auch das noch." schimpfte sie. „Das kann ich jetzt nun wirklich nicht gebrauchen." Sie probierte es wieder und wieder aber nichts passierte. Nach ungefähr zehn Minuten meinte sie zu Peter. „So, jetzt rufe ich deinen Vater an und frage, wie das sein kann." „Hallo Hans. Das Auto springt nicht an, was soll ich denn jetzt machen?" „Warte dort, ich bin in einer halben Stunde bei euch."

Hans stand von seinem Stuhl auf ging ins Haus, nahm sich seine Fahrkarte und ging zum Bus. Dort musste er noch 10 Minuten warten. Als der Bus dann kam, stieg er ein und fuhr Richtung Krankenhaus. Da angekommen sah er Peter und seine Frau Katrin im Auto sitzen. Er stapfte zu ihnen und machte die Motorhaube auf. „Hmm, ich kann leider auch nicht sagen was das sein könnte, lass uns den Pannenservice anrufen." Gesagt, getan. Eine Viertelstunde später kam er dann. Das Auto wurde abgeschleppt. „Aber Hans, wie sollen wir denn jetzt nach Hause kommen?" „Wir müssen wohl mit dem Bus fahren." „Dann lass uns los, dass Peter seinen Fuß hoch legen kann."

Zuhause angekommen wartete Florian schon an der Haustür. „Und Peter was hat der Arzt gesagt?" „Sorry Bruderherz aber ich leg mich jetzt schlafen. Habe Schmerzen. Erzähle dir morgen was war. Gute Nacht"

Am nächsten Morgen wachte Peter mit Kopfschmerzen auf. „Uii hab ich einen Kopf. Hoffentlich ist da nicht noch mehr." Plötzlich klopfte es an der Tür. „Wer ist denn da?" „Ich bin es Johanna. Darf ich reinkommen?" „Klar komm rein." antwortete Peter. „Was gibt es?" „ Ach Peter ich wollte fragen wie es dir geht" „Mir geht es ganz gut. Kannst du in der Schule Bescheid sagen, dass ich erstmal nicht komme?" „Ja das kann ich machen. Dann ruh dich mal schön aus." Johanna ging aus dem Zimmer, runter in die Küche, um sich eine Stulle für die Schule zu machen. Nachdem sie das getan hatte, machte sie sich auf den Weg zum Bus. An der Haltestelle angekommen sah sie, wie Florian schon auf sie wartete. „Na Johanna, bist du auch schon da?" „Ja! Entschuldigung ich war noch kurz bei Peter drin." Kurze Zeit späte kam dann auch schon der Bus. In der Schule erwartete sie der Schulleiter. „ Hallo Florian, Hallo Johanna. Wo habt ihr denn Peter gelassen?" „Ach wissen sie, er hatte gestern einen Unfall. Er ist die Treppe runter gestürzt. Ich denke er wird erstmal für ne Woche nicht da sein." „Na gut, dann kommt mal mit, ich muss euch da mal was zeigen. Dort oben seht ihr das? Das waren die Schüler aus der 11. Klasse. Ich wollte euch fragen, ob ihr was mitbekommen habt?" „Nee" antwortete Johanna. „Haben wir leider nicht. Wann soll denn das passiert sein?" „Ich denke das muss gestern passiert sein so gegen zwölf Uhr." „Nein, also wir haben nichts gesehen und auch nicht gehört. Wir sehen uns später dann. Tschüss Herr Dust."

Nach der Schule hatten sich Johanna, Florian und ein guter Freund von Ihnen zum bowlen verabredet. Sie trafen sich um siebzehn Uhr vorm Bowlingcenter. Auf der Bowlingbahn trafen sie Florians Eltern, die auch fast jeder Tag da waren. Nachdem sie alle ihr Spiel erfolgreich beendet hatten, fuhren sie bis auf Florians Kumpel, zusammen nach Hause.

Zuhause wartete Peter schon auf sie. „Bin ich froh euch zu sehen. Ich hab echt Hunger. Lass uns doch mal wieder was beim Griechen bestellen. Hab ich mal wieder voll Hunger drauf und morgen ist ja eh Wochenende." Hans schaute ihn mit großen Augen an. „Und wer bezahlt uns das alles? Es ist fast Ende des Monats. Wir müssen leider ein wenig sparen. Tut mir leid. Lass uns einen Spieleabend machen. Das war doch auch lustig. Vorher können wir ja noch irgendetwas kochen."

Nach dem Essen fingen sie an zu spielen. Rommee, Canasta, usw., bis zum späten Abend. „So, ich werd jetzt ins Bett gehen," meinte Florian, ich bin total müde." „Gute Nacht mein Sohn." Florian stand auf, ging über den Flur bis zur Treppe. Dann bemerkte er, dass er vorher doch noch mal lieber auf die Toilette gehen sollte. Vom Toilettengang wieder da, sah er auf dem Flur eine Person. „Johanna?" „Ja ich bin es, mach dir keine Sorgen. Gute Nacht"

Samstagmorgen es war still. Peter wachte wieder einmal schweiß gebadet auf. „Man, war das ein Traum. Wie kann man nur von Monstern träumen, die aussehen wie Johanna." Plötzlich wie im Traum ein Gepollter. „Nanu, was war das denn?" Peter stieg aus seinem Bett, er wollte nachsehen was passiert war, aber alles kam anders. Peter´s Bein war eingeschlafen. Er fiel hin. „Oh Mist" schon wieder, nur das ich jetzt richtige Schmerzen habe. Muss das denn so weh tun. " Er versuchte aufzustehen. Nach zweimaligem Versuch klappte es dann auch. Er drückte die Klinke runter und öffnete die Tür. In dem Moment stand Florian davor. „Flo, sag mal musst du mich so erschrecken?" „Peter ich wollte nur mal hören, was hier so gepoltert hat" „Ach so, sorry das war ich, ich wollte aufstehen, aber weil mein Fuß eingeschlafen war, bin ich ins Stolpern gekommen."

Florian ging aus dem Zimmer, rüber zu Johanna. Er klopfte, aber keiner antwortete. Florian öffnete die Tür und sah, dass Johanna gar nicht mehr in Ihrem Bett lag. Er schloss die Tür hinter sich und ging die Treppe hinunter. Dort aber fand er auch keinen Menschen.

Mutter? Mutter? Aber keiner antwortete. ‚Hmm, dann ist wohl keiner da. Na dann werde ich mir erstmal Frühstück machen."

In der Zwischenzeit kam auch Johanna zur Tür rein. „Florian bist du schon wach?" „Ja", antwortete er „Ich bin hier in der Küche. Morgen Johanna. Wo warst du denn?" „Ich war im Garten. Mutter hat alles für Vaters Geburtstag morgen vorbereitet!" „Ach so, aber warum habt ihr mich denn nicht geweckt, dann hätte ich euch doch geholfen?" Ich wollte dich nicht wecken, weil Wochenende ist und du sollst es ja genießen." antwortete Johanna. „Ok, dann lass uns jetzt zusammen frühstücken und dann sehen wir weiter."

Am Nachmittag kam Florians bester Kumpel Sven vorbei, um mit ihm zu lernen für die Schule, da sie nächste Woche eine Klausur schreiben. Die beiden lernten bis zum Abend hinein. Gegen achtzehn Uhr verabschiedeten sich die beiden. Als Sven dann wieder weg war, hatte Florian sich vorgenommen mit Johanna und Peter zusammen über ihre Zukunft nachzudenken.

„Du Peter, was stellst du dir denn so für deine Zukunft vor?" Weißt du Johanna: Da habe ich mir noch keine wirklichen Gedanken drüber gemacht. Mal schauen, aber ich denke, ich werde so in Richtung Bäckerei irgendetwas machen", Ja? Na ja, ich habe ja noch ein wenig Zeit mir das zu überlegen, ich bin ja erst fünfzehn!" antwortete Florian. Und du Johanna: Was willst du machen?" „Ich habe mich schon beworben, bei der Zeitung „New York Stories." „Ah cool: Hast du auch schon was von denen gehört?" „Ne, Flo. Leider noch nicht. Aber ich denke, die melden sich nächste bis übernächste Woche. Und wenn ich dann dort anfangen kann, das wäre echt Hammer."

‚Ja das denke ich auch", antwortete Florian. Es war mittlerweile schon spät geworden. „So lass uns mal schlafen gehen, morgen wird wieder ein langer Tag! Gute Nacht ihr zwei."

Sonntagmorgen. Halb sechs. Peter schreckte auf. Er starrte erst auf den Wecker, dann aber sprang er aus dem Bett, zog sich seine Hose an, rannte raus ins Bad, waschen. Nachdem das erledigt war, ging Peter runter in die Küche. „ Mutter wo sind denn alle?" „Wieso, heute ist Sonntag, die schlafen doch noch alle. Und warum bist du schon wach?" „Ich dachte es wäre schon Montag" „Geh doch wieder ins Bett mein Sohn." „Ja Mutter das werde ich tun. Bis nachher."

Gegen zwölf Uhr mittags wurde Peter durch seinen Wecker geweckt. Er raffte sich auf, zog sich seine Hose an, und ging aus seiner Zimmertür runter in die Küche. Dort wartete seine Familie auch schon mit dem Essen auf ihn. , Hier riecht es aber gut, was gibt es denn leckeres? "Es gibt Fisch Pie mit frischem und geräuchertem Fisch." „Lecker, dann mal guten Appetit."

Nach dem Mittagessen kam Peter eine Idee. „Lass uns doch heute mal etwas unternehmen! Ich wäre ja dafür, dass wir heute mal ins Museum gehen." „Ja, das ist eine sehr gute Idee finde ich. Ich denke wir gehen ins American Museum of Natural History." „Na dann lasst uns den Tisch abräumen, danach macht ihr euch fertig und dann fahren wir los." erläuterte Papa.

Nach einer halben Stunde trafen sich alle zusammen in der Garage. „So dann kann es ja jetzt losgehen Kinder." Dort angekommen sahen die fünf vor dem Museum eine Riesenschlange. „Das ist aber voll hier!", blubberte Peter vor sich hin. „Ja mein Sohn heute ist Sonntag was willst du erwarten?" „Es bringt nichts Leute, wir stellen uns da jetzt an" meckerte Papa. Sie stiegen aus dem Auto aus und machten sich auf den Weg zum Eingang.

Nach einer Stunde Wartezeit, betraten sie das Museum, wo auch schon ein Mann auf sie wartete um sie herum zu führen. Auf ihrem Weg sahen sie unter anderem Dinge aus dem Weltraumzeitalter, aber auch aus der Steinzeit. Nach einer Weile waren sie einmal durch. Der Museumsführer bedankte sich für ihre Aufmerksamkeit, und verabschiedete sie. Wieder am Ausgang des Museums angekommen, kauften sie sich alle zum Abschluss noch ein Andenken, danach fuhren sie sittlich nach Hause.

Zuhause angekommen waren alle ziemlich kaputt vom vielen Laufen, so dass sie sich erst einmal eine Auszeit könnten. Johanna, Peter und Florian gingen hoch auf ihre Zimmer und setzten sich aufs Bett, wo sie am Nachdenken waren, was sie denn heute noch schönes machen könnten. Da kam Peter eine Idee. „Wir könnten doch heute Nachmittag in den Park gehen, und ein Picknick machen." „Also, ich werde heute Nachmittag nicht mit euch mitgehen, denn ich treffe mich heute mit jemandem anderen" sagte Johanna. „Ok, dann fahren wir beide eben alleine." Kurze Zeit später trafen sich Peter und Florian draußen im Garten. „Wollen wir los Peter?" „Ja, Bruderherz dass können wir gerne machen." Im Park angekommen suchten sich beide einen schönen Platz für Ihr Picknick. Sie kamen an einen großen Baum an, als plötzlich einer nach Hilfe schrie. Peter drehte sich um und sah, dass ein kleines Mädchen auf dem Gras saß und weinte. Er rannte hinüber und fragte sie, was denn passiert sei. Sie antwortete, dass sie ihre Mutter suchen würde. „Wo wohnst du denn Kleine?" „Hallo, ich wohne in der Washingtonstr. Hier in New York." „Und wo ist deine Mutter?" fragte Peter. „Ach weißt du, wir waren nach hier her unterwegs, als ich weglief" „Warum machst du denn auch so was Kleine?" „Sie hat mit mir geschimpft, weil ich nur einmal böse war." sagte die kleine. „Wie heißt du denn Mädchen?" „Ich heiße Sophie und du?" „Ich bin Peter und das ist mein Bruder Flo. Sollen wir nach deiner Mutter suchen?" „Ja, das wäre nett, wenn ihr mir helfen könntet" „ Machen wir doch gerne" antwortete Peter. „Komm Sophie. Wir gehen los."

Sie machten sich auf den Weg. Nach einer halben Stunde hörten sie wie eine Stimme rief: „Sophie? Sophie?" „Mama hier bin ich." antwortete sie: „ Mein Kind wo warst du denn, ich habe mir Sorgen gemacht!" „Die beiden Jungs haben mich gefunden Mutter" „Ich danke euch beiden. Wünsche euch noch einen schönen Tag." Peter und Florian packten ihre Sachen ein und gingen in Richtung Heimat. Zuhause angekommen, erzählten sie ihrer Mutter vom Vorfall im Park. „Was ist das denn für eine Mutter, die ihr Kind solange aus den Augen lässt?" „Ne Mum, so war das nun auch wieder nicht! Die Kleine ist weggelaufen, weil sie traurig war, das sie angemeckert wurde." „Hmm, soll mir ja auch egal sein."

„Ich habe Kuchen gebacken, wollt ihr auch ein Stück?" „Klar" antwortete Peter gerne. Sie setzten sich zusammen mit ihrem Vater Hans an den Küchentisch und aßen den Kuchen. Nach einer Weile kam auch Johanna wieder nach Hause. Sie öffnete die Tür, rannte an der Küche vorbei, hoch in ihr Zimmer. „Nanu, was hat sie denn? So hab ich sie ja noch nie erlebt." meinte Peter. „Ich gehe mal nachsehen was sie hat!"

Peter ging hoch und klopfte an Johannas Tür. Sie antwortete: „Bitte lasst mich in Ruhe! Ich möchte gerade mit niemandem sprechen." „Sag uns aber bitte Bescheid, wenn was ist. Wir machen uns sonst Sorgen um dich." Er machte sich wieder auf den Weg in die Küche. „Johanna möchte gerade keinen sehen, ich werde nachher noch mal nach ihr schauen." „Ja, dann lass sie halt erstmal in Ruhe" sagte Mutter.

Nach einer Weile kam Johanna durch die Tür. Sie erzählte, dass sie sich mit jemandem treffen wollte, aber der nicht gekommen sei. „Und? Mit wem wolltest du dich treffen?" „Ach mit Miguel, aber der Spinner hat es ja nicht nötig, sich mit mir zu treffen. Ich werde jetzt auch nicht mehr hinter ihm hinterher rennen, da hab ich einfach keine Lust mehr zu." „Also ich würde mir das auch nicht gefallen lassen, wenn ich an deiner Stelle wäre. Lass dich von dem nicht verarschen. Hoffe du entscheidest dich richtig. Werden jetzt erstmal Mittagsruhe machen."

Am Abend wollte Peter sich mit seinem Freund Sven treffen, aber der hatte vor einer Stunde abgesagt. Peter saß vor dem PC, als es an der Tür klingelte. „Peter, dein Freund Sven, mit Freundin sind da." „Ja Mutter die sollen hoch kommen." „Hey Peter. Na du Spinner, sag mal willst du mich eigentlich ärgern?" „Ne, aber ich dachte ich überrasche dich mal. Außerdem konnte ich ja nicht einfach die Verabredung mit meinem Schatz sausen lassen. So und jetzt habe ich sie mitgebracht. Jetzt lass uns doch mal schauen was im Kino läuft!" Peter schaute im PC nach, und machte einige Vorschläge. „Ja, Peter, den nehmen wir. Lass uns los."

Im Kino angekommen, standen sie noch eine ganze Weile an der Kasse. Als sie dann endlich an der Reihe waren, sagte man ihnen, dass die Vorstellungen schon alle ausverkauft waren.
„So ein Mist Peter, was machen wir denn jetzt?" „Weißt du was, ich habe heute echt keine Lust mehr auf so was. Ich werde jetzt nach Hause fahren und mich ins Bett legen. Wünsche euch beiden noch einen angenehmen Abend." „Ok, dann sehen wir uns ja vielleicht morgen. Bye."

Auf dem Weg nach Hause passierten seltsame Dinge. Peter lief die Straße hinunter und sah, wie auf der Straße ein Mann lag. Er lief hin, um sich zu vergewissern, dass nichts Schlimmeres passiert war. Dort angekommen war der Mann nicht ansprechbar. „Hallo, hallo. Geht es Ihnen gut? Aber der Mann bewegte sich nicht. Plötzlich schoss ein Auto an uns vorbei. „Halt, halt" rief Peter hinterher, aber er fuhr einfach weiter. „Was mache ich denn jetzt?" Peter war überfordert. Fünf Minuten später kam noch ein Auto vorbei. Es hielt an. „Herr, können sie mir helfen?" „Ja klar, ich werde den Notarzt rufen." Gesagt, getan, nach ungefähr zehn Minuten kam er dann endlich und nahm den Mann mit ins Krankenhaus. Der Fahrer der Autos brachte Peter nach Hause. Peter bedankte sich bei ihm, ging ins Haus, in sein Zimmer. Man, war dass ein Abend. Erst das mit dem Kino, dann das mit dem besoffenen Mann. Jetzt werd ich erstmal schlafen gehen, bin echt müde.

Am nächsten Morgen schlief Peter nur bis um sieben Uhr. Verschlafen und kaum die Augen auf, dachte Peter schon wieder an den heutigen Abend, was wohl heute wieder passieren würde. Er stand auf, ging ins Bad, stellte sich unter die Dusche und wusch sich die Haare. Johanna kam ins Bad.

„Morgen Peter, na gut geschlafen?" Peter stieg aus der Dusche. „Ja das habe ich. Ist nur ein bisschen früh. Werde heute auch nicht viel machen. Mal schauen was noch so kommt. Ich hoffe ja, dass ich heute Abend wen finde, der mit mir in die Disco kommt." „ Wenn du willst, komme ich mit dir mit, nur dann müsste ich vorher noch mal in die Stadt, um mir neue flotte Klamotten zu kaufen." „ Ja, das können wir ja machen." Na gut Peter, ich werde jetzt erstmal frühstücken.

Nach dem Frühstück ging Johanna zu ihrer Mutter um zu fragen, ob sie sich das Auto nehmen darf. „Mutter, darf ich mir das Auto borgen? Ich möchte mit Peter in die Stadt um mir neue Klamotten für die Disco zu kaufen." „Ja, mein Kind darfst du." Johanna ging in den Flur, nahm sich den Schlüssel und ging hoch ins Zimmer zu Peter. „Ich bin startklar, wir können los." In der Garage angekommen, sahen sie, wie Hans am Auto schraubte. „Papa, was machst du denn da?" „Ich gucke den Motor nach, der macht komische Geräusche" erläuterte Papa. „Dann können wir ja gar nicht in die Stadt fahren!" „Nein zurzeit leider nicht." „ Na, toll. Immer wieder das selbe, jedes Mal wenn ich was vor habe, kommt etwas dazwischen." „Sorry, mein Kind, aber da kann ich leider nichts ändern. Ich habe auch deiner Mutter gesagt, dass ich heute am Auto was machen werde. Keine Ahnung warum sie jetzt zugestimmt hat! Jetzt seit nicht traurig. Ich gebe euch fünfzig Euro, dann macht ihr euch einen schönen Tag. Kauft euch was schönes." „Danke Papa."

Johanna und Peter machten sich auf den Weg zur Bushaltestelle. „ Nein, auch das noch. Peter, der Bus ist gerade weg." „Tja, da kann ich jetzt auch nichts machen. Ich würde sagen, wir gehen zurück, und ich rufe Sven an, und frage, ob er uns nicht in die Stadt bringt." „Ja, das ist eine Idee." Zuhause angekommen rief Peter seinen Freund Sven an und fragte ihn. Sven aber konnte die beiden leider nicht abholen, da seine Freundin das Auto hatte. „Dann müssen wir uns halt was anderes ausdenken Johanna. Ich würde vorschlagen, dass wir den nächsten Bus nehmen." „Ja das müssen wir wohl machen. Ich bin nur ein bisschen sauer, dass wir immer so ein Pech haben." Nach ca. einer Stunde gingen die beiden wider mal zur Haltestelle. Dort angelangt mussten die beiden nur noch fünf Minuten warten. Sie stiegen in den Bus ein, kauften sich eine Fahrkarte und fuhren los zum Shoppen.

In der Stadt war es brechend voll. Überall hingen Schilder, SSV. Johanna fand ziemlich schnell das was sie wollte. Beide fuhren mit dem nächstmöglichen Bus heim. Zuhause präsentierte Johanna die Klamotten ihrer Mutter. Nachdem sie das tat, ging Johanna hoch in ihr Zimmer, zog sich ihre Sachen aus, nahm sich ein Handtuch, und ging rüber ins Bad. Nach dem Duschen fiel ihr ein, sie müsse ja noch bei Miguel anrufen, um ihm zu sagen, dass Schluss sei. Sie nahm ihre Klamotten, zog sie an und ging runter ins Wohnzimmer. Dort saß ihr Vater und las seine Zeitung. Johanna nahm sich das Telefon und ging in den Garten. „Hallo hier Miguel." „ Hi, ich bin es Johanna." „Tag hübsche Frau, was kann ich für dich tun?" „Was du für mich tun kannst? Du kannst mir mal erklären, warum du einfach nicht erscheinst, wenn wir uns treffen?" „Ich weiß nichts davon, dass wir uns treffen wollten. Wann denn?" „Ich habe es so satt, das du dann immer so tust, als wäre nichts. Es ist aus, und jetzt ruf mich auch nicht mehr an. Tschüss." Tuuuuuut. Johanna musste sich nach dem Gespräch erstmal setzen. „ Der hat sie doch nicht mehr alle."

Nachdem Johanna sich wieder abgeregt hatte, brachte sie das Telefon wieder zu Papa ins Wohnzimmer. Papa saß immer noch dort und las Zeitung. In der Zwischenzeit kam auch Peter wieder. „Johanna, wann wollen wir denn heute abend los in die Disco?" „ Ach ich weiß noch gar nicht, ob ich überhaupt heute Lust habe. Miguel und ich haben uns vor ein paar Minuten getrennt. Bin echt traurig." „ Johanna, aber ich werde dich aufmuntern. Das kannst du mir glauben. Lass dir doch deine Laune jetzt nicht kaputt machen." „Ach Peter, vielleicht hast du ja recht. Lass uns heute Abend feiern gehen."

Am Abend trafen sich Johanna und Peter im Wohnzimmer.
„ Bist du fertig Peter?" „ Ja, Schwesterherz." „ Ok, dann können wir ja los zur Haltestelle." An der Haltestelle angekommen, trafen sie Mutter Karin. „Hallo Mama, wo willst du denn drauf los?" „Ich treffe mich heute mit einer Freundin im Pub. Und wo wollt ihr drauf los?" „Wir wollen heute mal in die Disco, muss mich ein wenig ablenken! Habe mich so doll mit Miguel gestritten, dass wir jetzt auseinander sind. Man gut auch. Jetzt geht es mir besser." „ Na dann wünsche ich euch beiden mal viel Spaß und macht nicht zu lange. Wir wollen Morgen früh einen Familienausflug machen." Da kam auch schon der Bus.

In der Stadt angekommen mussten sie noch einen kleinen Fußmarsch machen. Nach zehn Minuten kamen sie dann endlich in der Disco an. Total kaputt vom Laufen sahen sie schon die lange Schlange vorm Eingang. „Auch das noch. Das fehlte jetzt." Nach einer halben Stunde warten, betraten sie dann endlich die Räumlichkeiten. Laute Musik und viele tanzende Menschen sahen sie: „Ich hole uns jetzt erstmal was zum trinken Johanna." „Ok, dann mach das mal. Ich werde mich hier mal ein bisschen umsehen." Johanna fand alles sehr faszinierend. Die hellen Lichter und die Bühne. Plötzlich sprach sie ein junger Mann an. „Hallo, bist du öfter hier?" „Nein", antwortete Johanna. Ich bin heute das erste Mal hier." „Wie heißt du denn Süße?" „Ich bin der Simon!" „ Ich heiße Johanna." „ Wollen wir vielleicht tanzen, hast du Lust?" „ Ja, das können wir gerne machen. Hab ich lange nicht mehr gemacht." Johanna und Simon tanzten bis in die späte Nacht hinein.

Um ein Uhr nachts verabschiedete Johanna sich von Simon und gab ihm ihre Nummer. Simon bedankte sich bei ihr, gab ihr einen Kuss auf die Wange und verschwand. „Komm Peter, wir machen uns auf den Weg zum Bus." An der Haltestelle angekommen, kam auch gleich der Bus. „Ein Glück, schnaufte Johanna. Das wäre jetzt nicht gut gekommen wenn der uns noch vor der Nase weggefahren wäre."

Zu Hause wartete auch schon Florian im Garten auf die beiden. „Hallo Flo, warum bist du denn noch wach?" „Ich wollte auf euch warten, da ich eh nicht schlafen konnte. Jetzt bin ich beruhigt, dass ihr gesund und munter wieder da seid. Lasst uns jetzt einfach schlafen gehen!"

Am nächsten Morgen stand Peter schon sehr früh auf, denn er wollte am Nachmittag in der Zoo gehen. Als Peter runter in die Küche ging sah er, wie Johanna am Küchentisch saß und an ihrem Handy rum fummelte. „Morgen Johanna, hast du gut geschlafen?" „ Ja, habe ich. Simon, also der von gestern aus der Disco hat mir geschrieben. Ich kann gar nicht anders, außer mich zu freuen, der ist echt süß. Ich denke mal, dass wir uns heute Nachmittag treffen." „ Ach Johanna, du hast dich doch gerade von Miguel getrennt, willst du dich nicht erstmal von ihm erholen?" „ Ja, auf einer Seite hast du ja Recht, aber ich glaube ich könnte mich jetzt schon wieder neu verlieben. Und ich möchte mich jetzt auch nicht weiter mit dir darüber unterhalten." „ Ist ja gut, du kannst dich wieder beruhigen. Ich werde jetzt gehen." Als Peter aus dem Zimmer war, rief Johanna Simon an: „ Hallo Süße, na wie geht es dir?" „ Mir geht es eigentlich ganz gut. War ein netter Abend gestern. Würde dich gerne wieder sehen und mich freuen, wenn wir uns heute treffen." „Ich muss dir leider absagen, denn heute muss ich leider arbeiten." „Schade eigentlich, aber ok. Dann würde ich sagen, wir hören uns die Tage noch einmal. Bye" Johanna ging hoch in ihr Zimmer und setzte sich an den PC. Nach zwei Stunden schreckte Johanna von ihrem Schreibtisch auf. Sie war eingeschlafen. Hastig schaute sie umher und auf ihre Uhr. Oh, es ist ja schon fünfzehn Uhr. So ein Mist. Naja dann werd ich jetzt halt erstmal runter gehen und mich in den Garten setzten, dachte sie. Im Garten angekommen sah sie, wie Florian auf der Liege lag mit einem Kopfhörer am Ohr. „Hallo Flo, na was machst du schönes? Ist Peter schon im Zoo?" „ Ja, das ist er. Sven und seine Freundin haben ihn vor ungefähr einer Stunde abgeholt. Seitdem liege ich hier alleine und schaue mir den schönen blauen Himmel an. Ab und zu fliegen mir dann mal ein paar Vögel über den Kopf, aber mehr ist hier auch nicht los." „Soll ich mich zu dir legen?" „ Wenn du möchtest, dann kannst du das gerne machen." Nach zwei Stunden braten in der Sonne, sprang Johanna aus ihrem Stuhl auf. „Au „schrie sie.

„Mir tut die ganze Schulter weh." „ Johanna, das sieht aus, als hättest du eine Verbrennung ersten Grades. Lass uns schnell ins Haus gehen und das kühlen." Nachdem das passiert war, legte sie sich auf die Couch und las ein Buch. Peter machte Johanna inzwischen einen Kühlbeutel. Peter lief so schnell er konnte durchs Haus, zurück ins Wohnzimmer, wo Johanna lag und mittlerweile schon schlief. „Na toll, dann hätte ich mich ja nicht zu beeilen brauchen." Peter ging zurück in die Küche, und brachte den Kühlbeutel wieder zurück ins Kühlfach.

Am Abend traf die ganze Familie im Wohnzimmer aufeinander. „So Kinder, ich habe etwas mit euch zu bereden. In letzter Zeit haben wir ja schon ganz viel Leid über uns ergehen lassen müssen. Und nun hoffe ich, dass es auch mal wieder aufwärts geht. Ich danke euch für alles, was ihr in letzter Zeit für uns und auch für andere getan habt. Vorschlag. Wir fahren morgen alle zusammen ins Reisebüro, und buchen einen Urlaub in Deutschland. Was haltet ihr davon? Wir waren ja lange nicht mehr in unserer Heimatstadt, seitdem wir hier vor 10 Jahren hergezogen sind." „Ja, das hört sich sehr gut an, das machen wir Dad." „So jetzt wünsche ich euch eine gute Nacht und schlaft gut."

Morgens früh um neun Uhr klingelte Peters Wecker. Er mochte ja gar nicht aufstehen. Zehn Minuten später klingelte er nochmals. „So, jetzt muss ich aber wirklich raus, sonst will ich gar nicht mehr aufstehen." Peter zog sich Hemd und Schuhe an. Danach machte er sich auf den Weg runter in die Küche. Unten angekommen, saßen Florian, Johanna, Vater Hans und Mutter Karin und warteten schon geduldig auf ihn. „Na da bist du ja endlich. Können wir dann los?" „Ja Papa das können wir."

An der Haltestelle angekommen, sahen sie, wie der Bus dort schon stand. Sie stiegen ein und der Bus fuhr los. Nach einer halben Stunde kamen sie dann in der Stadt an. „So voll habe ich sie auch noch nicht gesehen. Hoffentlich ist das Reisebüro nicht so voll." Und es war so. Das Reisebüro war total überfüllt. Da wollten wohl ein paar mehr Leute in den Urlaub fliegen. „Kommt, lasst uns ein anderes Reisebüro aufsuchen." Beim nächsten Reisebüro angekommen, mussten die fünf auch nur zehn Minuten warten. „So" sagte Papa. „In zwei Wochen ist es endlich soweit. Auf in unsere alte Heimat."

Samstagmorgen um zehn Uhr sollte es losgehen. Freitagabend packten die fünf ihre Koffer. Johanna nahm sogar zwei mit.
„Hey Johanna. Was hast du da denn wieder alles drin? Wir wollen doch nicht wieder wegziehen, sondern Urlaub machen." „Ja, aber drei Wochen ist eine lange Zeit, da muss man auf alles vorbereitet sein Peter." Nach zwei Stunden war dann soweit alles gepackt, und die fünf machten sich auf den Weg ins Bett. Am nächsten Morgen standen alle schon früh auf, denn es sollte ja schon um acht Uhr ab zum Flughafen gehen. Es klingelte an der Tür. Hans Kumpel Lars kam mit dem Auto, um die fünf zum Flughafen zu fahren. Am Flughafen angekommen war auch schon ein großer Andrang an den Flugschleusen. Geschafft. Nach zwanzig Minuten saßen die fünf endlich im Flugzeug. Die Stewardess brachte den fünf Trinken und Essen. Nach sechs Stunden kamen sie in Frankfurt am Flughafen an. „ Endlich mal wieder deutschen Boden unter den Füßen. Das

tut gut. Lass uns jetzt zum Bahnhof und in unsere Heimat fahren."
Dort angekommen suchten die vier nach einem passenden Hotel für
sie. Und tatsächlich sie fanden eins. Ganz in der Nähe ihrer alten
Wohnung.

Ich schrieb dieses Buch in Zusammenarbeit mit meiner
Projektgruppe. Hätte ich die Feedbacks nicht gehabt, wäre es nie so
gut geworden und mein Mut hätte mich verlassen. Es hat mir sehr
viel Spaß gemacht an diesem Buch zu schreiben. Ich hätte ja gerne
noch ein wenig weitergeschrieben, aber dazu reichte meine Zeit
leider nicht aus. Danke noch einmal an alle, die an mich geglaubt
haben. Es wird auf jeden Fall eine Fortsetzung geben.

Legende des Gleichgewichts

Bevor die Welt entstand wie wir sie kannten, versuchte Gott schon einmal eine zu erschaffen.

Zu Beginn ging alles gut, doch irgendwann entstand ein gewaltiges Chaos da es kein vernünftiges Gleichgewicht zwischen dem Licht und der Finsternis gab.

So erschuf er beim zweiten Versuch eine Zwischenwelt, die das Zwielicht genannt wurde.

Um das Gleichgewicht aufrecht zu erhalten schuf Gott zwei Kinder und gab ihnen die Namen Kyle und Adrian.

Kyle war ein Kind des Lichtes und sollte darüber wachen. Adrian dagegen war ein Kind der Finsternis und wachte über diese. Die beiden wuchsen somit im Zwielicht auf und Gott konnte in Ruhe eine neue Welt entstehen lassen. Während die beiden Jungen mit einander spielten und älter wurden, gedeihten die Erde und ihre Bewohner ohne das dass Chaos über den Planeten zog. Einige Jahrhunderte lief es so weiter bis die beiden Jungen erwachsen wurden.

Eines Tages saßen die beiden gemütlich im Zwielicht an einem Tisch und spielten eine Runde Schach.

Da spürten sie eine fremde Präsenz die sich ihnen nährte. Es verwunderte sie, da außer ihnen und Gott eigentlich niemand im Stande war das Zwielicht zu betreten. Kyle und Adrian unterbrachen ihr Spiel und gingen der eindringenden Macht entgegen.

Nach einer Weile erreichten die zwei den Punkt, an dem die fremde Macht am stärksten zu spüren war. Doch sie konnten nichts entdecken. Plötzlich und ohne Vorwarnung erschien eine schwarzviolette Wolke vor ihnen und flog auf sie zu.

Adrian gelang es noch seinen Bruder beiseite zu stoßen und Kyle musste nun mit ansehen wie diese Wolke seinen Bruder in sich einschloss. Sie drang nun über jede seiner

Körperöffnungen in ihn ein und Adrian brach mit schmerzerfülltem Geschrei zusammen. Sofort rannte Kyle zu ihm und wollte ihm helfen, doch Adrian drückte ihn weg und schrie dass er laufen sollte. Was sollte er jetzt nur tun, wirklich weg rennen und seinen Bruder im Stich lassen? Oder bei ihm bleiben und versuchen ihm zu helfen?

Gerade wollte er wieder an seinen Bruder herantreten. Dieser fing aber plötzlich an zu zucken und blieb dann ruhig, mit geschlossenen Augen auf dem Boden liegen. Langsam und vorsichtig näherte er sich dem Körper seines Bruders, da öffneten sich seine Augen wieder und sie flimmerten ihn in einem tiefen schwarz an. Kyle zuckte zurück und schaute Adrian mit entsetzten Augen an. Er fragte ihn ob alles mit ihm in Ordnung sei. Da lachte Adrian laut und antwortete, dass es ihm nie besser ging. Im nächsten Moment stürmte er dann auf Kyle zu und umgriff mit beiden Händen den Hals seines Bruders um diesen zu würgen.

Mit einem Tritt gelang es Kyle seinen Bruder von sich los zu kriegen, um aufzuspringen und weg zu laufen.
Hinter sich hörte er Adrian laut schallend lachen und schreien, dass er ihm nicht entkommen kann. Er blieb noch mal stehen und schaute zurück um seinen Bruder noch mal sehen zu können. In diesem Moment umschloss diesen eine schwarze Aura und im nächsten Moment stand sein Bruder in einer schwarzen Rüstung da. Eine schwarz schimmernde Klinge in der Hand drehte dieser sich langsam in Kyles Richtung. Aus seinem Helm leuchteten rote Augen hervor welche Kyle fast zu Tode starrten. Langsam bewegte sich dieser nun auf Kyle zu, welcher sich sofort wieder von ihm abwandte und um sein Leben rannte.

Er schaffte es immer mehr Distanz zwischen sich und ihm auf zu bauen, doch irgendwann konnte er nicht mehr und brach vor Erschöpfung zusammen. Als er dort lag kamen ihm die Tränen, da er nicht verstehen konnte wie das alles passieren konnte. Warum sein Bruder auf ihn los ging und warum diese fremde Macht hier eindringen konnte. Nun fing vor ihm an die Luft zu flimmern und eine ihm vertraute Stimme sprach zu ihm. Es war der Schöpfer persönlich und er sagte Kyle, das dieser nicht trauern sollte, sonderd lieber alles tun sollte um das Gleichgewicht im Zwielicht zu bewahren. Gottes flimmernde Aura umwanderte ihn kurz und Kyle konnte fühlen wie diese Kräfte in ihm freisetzte. Er richtete sich auf und spürte nun wie diese Kraft aus seinem Inneren wieder nach außen drang und ihn umschloss. So wie bei seinem Bruder festigte sich nun diese Aura und er stand nun in einer weißen Rüstung vor Gott und hielt, wie sein Bruder es tat, ein Schwert in seiner Hand, welches aussah als wurde es aus purem Licht geschmiedet.

Nun erteilte ihm Gott die Anweisung weiter zu rennen und zu versuchen sich von seinem Bruder fern zu halten.

Sollte er seinem Bruder nicht entkommen können, sollte Kyle sich nur verteidigen, da sobald einer von beiden sterben sollte, das Gleichgewicht gestört wäre und somit alles in Chaos stürzen würde.

Kyle gab Gott zu verstehen, dass er genau versteht worum es geht und setzte sich wieder in Bewegung.

Lange Zeit wanderte er durch das Nichts des Zwielichtes immer auf der Flucht vor seinem Bruder, doch eines Tages wurde er eingeholt. Wie aus dem Nichts stand auf einmal Adrian vor ihm und funkelte ihn mit seinen roten Augen an, das Schwert auf Kyle gerichtet. Adrian lachte und meinte, dass die Flucht die ganze Zeit über vergebens war. Kyle sah wie sein Bruder sich in Bewegung setzte und auf ihn zustürmte. Die Klinge sauste auf ihn zu, aber es gelang ihm den ersten Angriff abzuwehren. Immer wieder hagelten die Hiebe auf ihn nieder. Doch er schaffte es jedes Mal auszuweichen oder zu parieren. Dieses Spiel setzte sich eine ganze Weile fort, bis Kyle bei einer seiner Paraden seinem Bruder eine Wunde am Bein zufügte. Adrian ging kurz nieder und Kyle nutzte den Moment aus und rannte wieder weg. Er hatte Gottes Worte nicht vergessen, also blieb ihm nichts anderes übrig.

Im Laufe der weiteren Zeit wurde er immer wieder von seinem Bruder eingeholt und musste feststellen, dass Adrian immer stärker wurde. Doch das Glück schien immer wieder auf seiner Seite zu sein, so das immer die Möglichkeit zur Flucht bestand. Doch eines Tages faste Kyle den Entschluss dass es so nicht weiter gehen konnte. Er wusste, dass wenn einer von beiden stirbt, das Gleichgewicht gestört wird. Doch wie sah es aus, wenn beide sterben würden?

Es war fragwürdig, ob es ihm ewig gelingen würde seinem Bruder zu entkommen und da Adrian immer stärker zu werden schien, gab es das Risiko, das er irgendwann im Kampf fallen würde. Es war also einen Versuch wert. Kyle setzte sich auf den Boden und wartete auf seinen Bruder. Dieser lies nicht lange auf sich warten und schritt langsam auf Kyle zu, welcher sich beim Anblick seines Bruders aufrichtete.

Gibst du deine vergebliche Flucht nun endlich auf? Du hast wohl erkannt, dass es dein Schicksal ist zu sterben.
Es war zu hören, dass sich Adrians Stimme stark verändert hatte. Sie klang düster und Monoton. Kyle nahm seinen Helm ab und lies ihn neben sich zu Boden fallen. *Ich habe meine Aufgabe nicht aus den Augen verloren und werde es nicht zulassen, das alles was wir Ewigkeiten im Gleichgewicht hielten, dem Chaos verfällt.*
Kyle sprach diese Worte mit voller Entschlossenheit, welche sich auch in seinen Augen wieder spiegelte.

Du weißt genau, dass wenn du mich nicht tötest, ich es tun werde. Du kannst deine Aufgabe also nicht erfüllen.
Das Chaos wird Siegen und eine weitere Welt, dieses lausigen Gottes, wird zugrunde gehen wie zuvor und es wird sich immer wieder wiederholen! Diese Aussagen unterstrich Adrian mit einem finster klingenden Lachen und richtete die Spitze seiner Klinge auf Kyle. *Ich werde es dir beweisen und dich hier und jetzt töten mein Bruder!* Schrie Adrian und stürmte wieder auf Kyle zu, welcher seine Augen schloss. Kurz bevor der Hieb ihn traf, sprang er zur Seite und lies sich abrollen. Nun war er am Zug, richtete sich auf und rannte auf Adrian zu, die Spitze seines Schwertes auf sein Ziel gerichtet. Damit hatte der besessene Wächter der Finsternis nicht gerechnet und schaffte es nur knapp mit einem Schritt zur Seite auszuweichen, wobei er über seine eigenen Beine stolperte und fast zu Boden ging. Doch fing er sich noch rechtzeitig, als Kyle zu einem Vertikalhieb ausholte und parierte dessen Attacke. Die Schlacht zog sich in die Ewigkeit.

Immer wieder pausierten die beiden und versuchten sich nieder zu starren, während sie sich kurz erholten. Da Kyle sich diesmal nicht nur auf seine Verteidigung konzentrieren musste, schien der Kampf ausgeglichen und es war kein Sieger in Sicht. Dem Lichtwächter war klar, dass nur der mit der höheren Ausdauer nun siegen würde und er wusste, das Adrian auf Dauer als Sieger hervor gehen würde, da er selbst seinen Bruder ja nie umbringen könnte, was Adrian mit Sicherheit ausnutzen würde. Also entschloss er, das es nun an der Zeit war dem allem hier ein Ende zu setzen. Nach der Parade eines von Adrians Angriffen, stieß er diesen mit vollem Körpereinsatz zurück und ging ein paar Schritte Rückwerts. Adrian erhob sich wieder und lief so schnell er konnte auf Kyle zu um kurz vor diesem zum Stich auszuholen. Das Ziel der Attacke war offensichtlich, das

Herz.

Kyle drehte sich leicht und lies sich von der Klinge durchbohren, welche nun bis zum Anschlag in seinem Körper steckte und ihn dann auf die Knie sinken lies.
Sein Schwert entglitt seiner Hand als sein Körper erschlaffte. *Du hast nun also doch eingesehen, dass es dein Schicksal war hier zu sterben. Das hätte dir vorher einfallen sollen, denn dann hätten wir uns deinen vergeblichen Kampf auch sparen können.* Sprach Adrian und wollte sein Schwert wieder aus seinem Bruder heraus ziehen. Doch da schnellten Kyles Arme plötzlich hoch und umgriff die Handgelenke seines Bruders.
Sein Kopf erhob sich und er schaute mit einem breiten Grinsen in die verwirrten Augen von Adrian. *Ich habe dir gesagt, dass ich es nicht zulassen kann, dass alles was wir die ganze Zeit über bewachten, zugrunde geht.*

Ich glaube ich habe einen Weg gefunden deinen Plan zu durchkreuzen. Kyle ließ eines der Handgelenke seines Bruders los und griff eilig nach seinem Schwert, welches er im nächsten Moment auch schon in dessen Leib bohrte. Entsetzen spiegelte sich in dessen Augen wieder als er zur Seite fiel. Kyles Körper fiel hinterher und er konnte seinem Bruder in die Augen schauen, wobei er erkannte wie sich Adrians Augen langsam zur normalen Farbe wandelten. Die Aura, die diesen umschloss, fing langsam an sich zu lösen und wich vom Körper seines Opfers wobei eine finstere Stimmer ertönte.
Nein. Nein! Ich kann im Zwielicht ohne Wirt nicht bleiben und diese Welt nicht vernichten!
Nein!!!!! Du hast meinen schönen Plan mich am Chaos dieser Welt nähren zu können zerstört! Aber ich gebe nicht auf, ich werde schon noch einen Weg finden weitere Kraft zu finden um dann eurem Gott endlich ein Ende zu setzen. Euer

Tot wird also vergebens sein ihr Narren! Nun verblasste die Aura langsam und verschwand aus dem Zwielicht. Kyle und Adrian schauten sich gegenseitig mit einem Lächeln an, wobei ihnen die Tränen aus den Augenwinkeln liefen.

Kyle, Ich bin stolz auf dich. Du allein hast es geschafft unsere Aufgabe zu erfüllen, denn ohne dein Opfer wäre alles was unter unserem Schutz stand zu Grunde gegangen.

Das Übel das mich übernommen hatte, hätte sich vom Chaos nähren können und hätte genug Macht gehabt um unseren Schöpfer entgegen zu treten um ihn zu vernichten. Ich konnte es sehen, alles was er plante war für mich zu erkennen und es wäre mit Sicherheit eingetroffen, da dieses Wesen immer mehr von der Macht der Finsternis absorbierte und stetig an Kraft dazu gewann.

Adrian griff nach der Hand seines Bruders und umschloss sie so fest er noch konnte. Kyles Augen wurden langsam milchig, während seine Lebenskraft immer mehr entwich. Doch er nutze seine restliche Energie noch für ein paar letzte Worte.

Ich konnte doch nicht anders. Es war unsere Aufgabe und ich wusste dass du es so gewollt hättest. Außerdem wäre es hier ziemlich langweilig gewesen ohne dich.

Was sollte ich denn ohne meinen..... Noch bevor er diesen Satz beenden konnte, verlies ihn der letzte Funken Lebenskraft und Adrian schaute nun in die leeren Augen seines Bruders.

Du bist doch ein Spinner. Ich frage mich, wann du angefangen hast so unvorhersehbar zu werden und das selbst für mich. Alles was du erlebt hattest, muss dich ziemlich verändert haben, aber zu gleich auch sehr stark gemacht haben. Das muss wohl die Kraft all deiner Hoffnung gewesen sein, die dich so werden lies. Ich wünschte, ich hätte auch so stark werden können wie du, denn dann hätte ich mich sicher selber befreien können. Das Licht der Hoffnung war einfach unglaublich und ich glaube nicht, dass die Finsternis so etwas aufbringen könnte. Zumindest noch nicht.

Adrian drehte sich auf den Rücken und schloss seine Augen, dabei die Hand seines Bruders immer noch fest umschlossen. Er konnte fühlen wie nun auch seine Kraft ihn langsam verlies. Doch er nutzte den Rest der ihm noch blieb und schrie. *Großer Schöpfer, höre mich an!*
Wir konnten das Chaos zwar stoppen, aber nicht besiegen! Ich bin mir sicher dass er noch einen Weg finden wird, um deine Schöpfung wieder zu zerstören und ich bitte dich darum es uns zu überlassen ihm Einhalt zu gebieten! Kyle hätt alles getan um deine Welt zu schützen und ich kann nicht zulassen, dass dies vergebens war! Ich bitte dich aus tiefsten Herzen uns unserer Aufgabe weiter nachkommen zu können! Nimm unsere Seelen und lass uns unsere Aufgabe von der Erden, deiner größten Schöpfung aus nachgehen. Ich hoffe du erfüllst mir diesen einen Wunsch, nachdem wir solange das Gleichgewicht für dein Kunstwerk bewahrten. Nun verlies auch ihn der letzte Funken Lebenskraft.

Der Schöpfer erschien nun vor den leblosen Körpern seiner Kinder und er schaute auf sie herab, voller Trauer und zugleich Stolz. Eine Weile blickte er die beiden an und nickte dann. Er schloss seine Augen und hielt seine Hände auf, in deren Handflächen sich jeweils ein kleiner Wirbel bildete. Ein strahlender Lichtwirbel und der andere schwarz wie die Finsternis. *Meine Kinder. Ich werde diesen Wunsch beherzigen, falls es soweit kommen sollte. Ich bin stolz auf all das was ihr erreicht habt und das ihr meine Schöpfung weiter beschützen wollt.* Die Körper der beiden Brüder lösten sich langsam auf, bis sie dann ganz verschwunden waren. Der Schöpfer ließ nochmals seinen Blick über die Weiten des Zwielichts schweifen, um dann ebenfalls aus dieser Zwischenwelt zu verschwinden. Somit war das Zwielicht nun einfach nur noch ein pures Nichts, so wie ein leerer Raum.

Der Fall des Schattenreiches

Das Leben auf der Erde, hatte sich sehr weit entwickelt und der Schöpfer war noch immer stolz auf das Opfer der beiden Brüder. Jahrtausende waren seit dem vergangen und die Menschheit stand nur noch wenige Jahre vom Übergang zum Einundzwanzigsten Jahrhundert und das ohne dass sich die Aura des Chaos nochmals blicken ließ. Doch der Schein trog, was Gott aber nicht wissen konnte.

Dem Schattenreich, welches vom gefallenen Engel Luzifer regiert wurde, nährte sich eine Schlacht, welche das Ende der Erde einläuten sollte.

Das Oberhaupt der Dämonen befand sich gerade in seinem Schloss in Gehenna, als laute und schnelle Schritte durch die Gänge hallten. Die großen Türen zu seinem Gemach wurden ohne Rücksicht einfach aufgestoßen, worauf er verwundert zu dem Eindringling schaute. Diese Respektlosigkeit, einfach so in seine Räumlichkeiten zu stürmen, hätte er nie erwartet. Bei dem Eindringling handelte es sich um einen seiner höchsten und treusten Erzdämonen.

Sprich Ravil, was ist der Grund für deine Störung. Warum stürmst du einfach so, ohne Vorahnung in meine Gemächer? Ravil schnappte ein paar Mal nach Luft, bevor er die Frage seines Gebieters beantwortete.

Entschuldigt mein Fürst, aber es ist ein Notfall. Eine Fremde Armee zieht in unser Reich ein. Innerhalb kürzester Zeit haben wir schon viele Gebiete von Gehenna an die Eindringlinge verloren! Luzifer konnte nicht glauben was er hörte und fing an zu schreien. *Was?! Wie kann es sein, das es jemandem einfach so gelingt in mein Reich einzudringen?! Sind es so viele Eindringlinge das unsere Dämonen nicht mit ihnen fertig werden, oder sind wir so schwach geworden das es ihnen so leicht fällt?* !Raviel wich ein paar Schritte zurück bevor er reagierte. *Nein Gebieter, das ist es nicht. Die Eindringlinge sind zwar eher wenige, doch sind sie mächtiger als wir. Ihre Kraft übersteigt die unserer Truppen in den Dörfern und Städten. Ich glaube sie übersteigt selbst die Macht der Truppen des Himmelsreiches.* Luzifer wandte sich von Raviel ab und verfiel in Gedanken, welche er laut aussprach. *Eine Macht die größer ist als die unserer Erzdämonen und vermutlich größer als die meiner Brüder im Himmelsreich? So was kann es nicht geben. Engel und Erzdämonen sind die mächtigsten Wesen, mit Ausnahme des Schöpfers. Aber ich sollte auf Nummer sicher gehen.* Der Fürst schaute wieder zu seinem Untergebenen. *Raviel, schick sofort Boten in alle Gebiete, die noch unter unserer Kontrolle stehen. Unsere Truppen sollen sofort mit den Bewohnern hierher kommen. Wir müssen unser Volk schützen und am besten können wir dies hier in der Hauptstadt. Die Jungen und die Alten verschanzen wir hier im Schloss, alle anderen Dämonen sollen sich ebenfalls für den Kämpf bereit machen.* Luzifer fing an auf und ab zu marschieren und überlegte einen Moment, um dann wieder stehen zu bleiben. *Die Erzdämonen beziehen Stellung außerhalb der Stadt, während sich die niederen Dämonen in der Stadt verteilen und versuchen Eindringlinge durch den Überraschungseffekt zu erledigen.*

Nachdem er die Anweisungen seines Gebieters gehört hatte, nickte Raviel und wollte sich gerade in Bewegung setzen, als Luzifer ihm mit einer Handbewegung signalisierte zu warten.

Nur für den äußersten Notfall, schickst du bitte noch einen Boten ins Himmelsreich. Sollte es schiefgehen, bitte ich meine Brüder dass sie meinem Volk Unterschlupf gewähren. Du wirst, wenn es soweit ist, hier im Schloss bleiben und alle Überlebenden nach oben führen. Keiner kennt die unterirdischen Gewölbe hier besser als du. Raviel verneigte sich vor seinem Fürsten. *Wie ihr wünscht mein Gebieter. Ich werde alles weiterleiten und vorbereiten.* Nun eilte der Erzdämon endlich los, um alles vorzubereiten.

Der Erzengel ließ sich auf einen der Stühle in seinem

Gemach nieder und vertiefte sich in seinen Gedanken. *Eine Macht, mächtiger als Licht und Finsternis. Ist es tatsächlich das Chaos, das wieder versucht Gott und seine Schöpfung zu vernichten? Wie damals scheint das Chaos sich wieder an der Finsternis nähren zu wollen, wie bei unserem damaligen Wächter. Aber ich lasse es nicht zu, das jemand unser Reich und all seine Bewohner vernichtet, nur um sich auf einen Krieg gegen Gott und die Vernichtung der Erde vor zu bereiten. Ich bin das fast so mächtig wie der Schöpfer. Wollen wir also mal sehen, wie stark das Chaos in den Jahrhunderten geworden ist.* Luzifer erhob sich wieder und ging an eines der Fenster in dem Raum, um hinaus zu schauen. Entschlossen sein Reich zu verteidigen, ließ er seinen Blick über sein Reich schweifen.

Einige Tage waren nun seit dem Beginn der Vorbereitungen vergangen. Viele Dämonen, jung und alt hielten sich schon im Schloss auf. Die Bediensteten aus dem Schloss versuchten es den Dämonen so angenehm wie möglich zu machen. Während andere der kleinen Dämonen Abschied von ihren Eltern nahmen, bevor diese im Inneren der Stadt in Position gingen. Dem Fürsten war klar das viele dieser Kinder ihre Eltern vielleicht nie wieder sehen würden, doch erfüllte es ihn mit Stolz wie Tapfer alle blieben. Nach seiner Übernahme des Schattenreiches, haben sich die Dämonen unter seiner Führung vorbildlich entwickelt. Früher waren die Dämonen nur auf Zerstörung aus und standen im Krieg mit dem Himmelsreich.
Vom Aussehen her erinnerten sie eher an Monster. Doch nachdem man den Erzengel aus dem Himmelsreich verstieß, stürzte er den damaligen finsteren König vom Thron und machte aus den Dämonen ein stolzes Volk, welches im Frieden mit den Engeln stand. Selbst ihr Äußeres änderte sich. Sie sahen nun eher aus wie die Menschen und Engel, nur ein wenig düsterer. Der Fürst tat all dies in der Hoffnung,

dass ihm der Große Schöpfer sein vergangenes Vergehen verzeiht.

Gott war für ihn noch immer wie ein Vater und seit er das Schattenreich regierte, konnte er noch mehr verstehen, warum Gott seine Entscheidungen so traf, wie er es tat. Doch nun war es nicht an der Zeit über Vergangenes nach zu denken. Der Feind kam immer näher und die Schlacht würde bald beginnen.

Luzifer bewegte sich nun durch die Gänge des Schlosses und ging hinauf auf einen seiner Burgtürme. Dort angekommen schrie er so laut er konnte, so das es bis in die hintersten Winkel des Königreiches zu hören war. *Volk von Gehenna, hört mich an! Es erfüllt mich mit Stolz zu sehen was für ein ehrenhaftes und mutiges Volk aus euch geworden ist! Ich möchte mich bei jedem von euch bedanken, für alles, was er für das Reich Gehenna bis zum heutigen Tag getan hat! Ohne euch wäre unser Reich nicht so wie es heute ist! Doch nun ist ein Feind eingedrungen, ein Feind, der alles was wir uns so mühsam aufgebaut haben, wieder zerstören will! Wollen wir das zulassen?! Ich sage nein, das wollen wir nicht! Ich werde alles in meiner Macht stehende tun um unser Land zu verteidigen, aber dazu brauch ich auch eure Hilfe! Also, zeigen wir den Eindringlingen die wahre Macht der Dämonen!* Kurz herrschte totale Stille, bis von überall aus der Umgebung, lautes Geschrei der Dämonen ertönte. Luzifer lächelte zufrieden und lies nun seine Flügel hervorschnellen, um sich in die Luft zu erheben. Aus dem Inneren der Burg kamen nun die letzten Erzdämonen, die sich noch im Schloss aufhielten, um sich ebenfalls mit Hilfe ihrer schwarzen Flügel zu erheben und Platz neben ihrem Gebieter zu nehmen.

Gemeinsam mit seinen Stärksten Kriegern machte sich der Fürst nun auf um an der Spitze seiner Truppen Platz zu nehmen. An einem der Fenster der Burg stand Raviel und schaute seinem Gebieter nach. *Passt auf euch auf, mein*

Gebieter. Nein, passt auf euch auf, mein Freund, nuschelte er vor sich hin. Er konnte sich immer noch an sein erstes Treffen mit Luzifer erinnern, als wäre es erst kurz vor diesem Tag geschehen. Im Streit mit einigen anderen Dämonen wurde er schwer verletzt und wäre fast getötet worden, wenn der gefallende Engel nicht wie aus dem nichts auf die drei Dämonen losgegangen wäre und sie in die Flucht geschlagen hätte.

Raviel konnte damals nicht verstehen, warum Luzifer sie nicht einfach getötet hatte, doch im Laufe der Zeit konnte er die Beweggründe seines Meisters immer mehr verstehen. Der Erzengel weihte ihn in alle seine Taten und Fehler, die er machte ein, so das Raviel sich dazu entschied seinem Lebensretter zu helfen seine Wünsche wahr werden zu lassen. Er war sich auch heute sicher dass es keine Fehlentscheidung war seinem Gebieter zu helfen an die Macht zu kommen.

Raviel drehte sich vom Fenster weg und ging nun den Gang entlang. *Ich habe keine Zeit mich mit Erinnerungen zu beschäftigen. Ich muss die letzten Vorbereitungen treffen, falls wir plötzlich aufbrechen müssen.* Meinte er zu sich selbst und beschleunigte das Tempo etwas. Es war soweit, der Feind war nun angekommen und stand den Dämonen gegenüber. Luzier konnte die Macht des Feindes fühlen und musste feststellen, das der Gegner noch mächtiger war als er erwartet hatte. Bevor er einen weiteren Gedanken fassen konnte, stürmten die Feinde schon auf ihn und seine Armee los.

Sofort begann eine unglaubliche Schlacht, wobei sich der Feind als sehr blutrünstig zeigte. Das Aufschreien jeden Dämons, der fiel, war von Schmerz regelrecht verzerrt. Der Fürst ließ seinen Blick über das Schlachtfeld schweifen, als plötzlich eines der feindlichen Wesen auf ihn zu kam. Er sammelte eine Lichtkugel in seiner Hand und warf sie auf seinen Gegner, welcher bei der Berührung mit dieser zu

Staub zerfiel. In der Ferne konnte er nun jemanden erkennen, der sich auffällig von den anderen Feinden unterschied. Er war sich sicher dass es sich dabei um den Anführer der feindlichen Armee handelte.

Er schaute zu einem seiner obersten Erzdämonen und gab diesem Anweisungen. *Haltet hier die Stellung und sorg dafür dass sich keiner unserer Leute einzeln einem Gegner stellt! Ich kümmere mich nun um ihren Anführer!* Der Erzdämon nickte und gab die Befehle weiter, während Luzifer sich seinen Weg durch die Gegner kämpfte.

Es dauerte nicht lange, da stand er vor einem Wesen, dessen Körper von einer Rüstung umhüllt war, welche wie aus getrocknetem Blut zu sein schien. Der Herr des Dämonenreiches blieb vor diesem Gegner stehen und drückte seine Handflächen aneinander. Als es seine Handflächen langsam wieder voneinander trennte, bildete sich langsam ein Schwert in der Luft, welches er nun mit seiner rechten Hand am Griff umschloss. *Verschwindet von hier! Dies ist das Reich der Dämonen und ihr habt hier nichts zu suchen!* Kurz nach diesen Worten ertönte ein lautes Gelächter von seinem Feind. *Ihr seit also Luzifer der Erzengel, der dem ich diesen schönen Körper zu verdanken habe.* Luzifer blickte seinen Feind verwirrt an. *Ja, ihr versteht natürlich nicht, was ich meine. Aber ich will es euch erklären. Ihr hattet damals den finsteren König vom Thron gestürzt, doch ihr hattet euch geirrt, als ihr dachtet er wäre tot. Nach der Verbannung aus Gehenna, fand ich seinen Körper dem Tode nah und nahm Besitz von diesem. Nach einer Weile war der Körper wieder regeneriert und ich entführte ein paar von euren Dämonen, aus denen ich dann diese hässlichen, riesigen Chaosdämonen schuf. Keiner in eurem Land merkte etwas von dem verschwinden und als ich genug Chaosdämonen erschaffen hatte, drangen wir ein und überrannten die ersten Dörfer wo ich aus den Überlebenden weitere Wesen des Chaos machte. Nun stehen wir hier vor eurer, ach so schönen, Hauptstadt und werden auch diese überrennen.*

Der Erzengel konnte nicht glauben was er hörte, denn er war sich sicher dass er den Finsteren König damals getötet hatte. Wie konnte er sich da nur so geirrt haben? Doch über vergangenes nachzugrübeln war in diesem Moment falsch. Er musste sein Königreich verteidigen. *Mir mag vielleicht ein Missgeschick geschehen sein, aber ich lasse nicht zu, dass du mein Volk in solche abstoßende Dinger verwandelst. Außerdem weiß ich genau wer du bist. Ich werde verhindern das du deinem Ziel alles ins Chaos zu stürzten und den Schöpfer zu vernichten. Die Wächter haben dein Vorhaben damals vereitelt und ich werd nun dasselbe machen.* Wieder schallte das laute lachen des Windes durch die Luft. *Gottes Kinder wissen also was damals geschehen ist. Aber diesmal bin ich besser vorbereitet, du kannst mich also nicht aufhalten.* Luzifer nährte sich seinem Gegenüber und holte zum ersten Hieb aus.

Der Chaoskönig versuchte nicht einmal zu parieren und der Schlag prallte einfach von seiner Rüstung ab. *Was zum... dann nimm dies!* Der Erzengel machte einen weiten Sprung zurück und sammelte wieder eine Lichtkugel in seiner Hand, diesmal aber größer als die letzte und warf sie nach dem Chaoskönig. Dieser wurde von einer gewaltigen Explosion aus Licht umschlossen, welche eine riesige Staubwolke aufwirbelte. *Das kann selbst er nicht überlebt haben.*

Der Fürst der Dämonen drehte sich um und wollte gerade seinen Kriegern zu Hilfe eilen, als er hinter sich wieder das Gelächter hörte. *Ist das alles, was der große Führer der Dämonen zu bieten hat? Dann spüre nun meine Macht, die Kraft von Armageddon, zum Vergleich!* Hörte Luzifer seine Stimmer ertönen und wurde um nächsten Augenblick von einer Druckwelle erfasst, welche ihn weit weg schleuderte. Einige Sekunden blieb er nun reglos liegen, bevor er sich wieder taumelnd aufrichtete.

Armageddon? Das Ende aller Tage, also Nein, das kann ich nicht zu lassen.

Dieses Mal ließ Luzifer in beiden Handflächen gewaltige Lichtkugeln entstehen, presste diese dann aneinander und lies einen gewaltigen Lichtstrahl auf Armageddon zufliegen. Der Strahl traf ihn und hämmerte ohne schwächer zu werden auf ihn ein. Die Luft fing an zu qualmen und es entstand eine gewaltige Nebelwand. Noch während der Lichtstrahl weiter in der Nebelwand verschwand, sprang Armageddon aus der Nebelwand hervor. Er stemmte sich regelrecht gegen den Strahl und landete nun vor Luzifer.

Dieser konnte kaum glauben, was er sah, als ihn im nächsten Augenblick die ausgestreckte Hand des Gegners durch die Brust glitt. Der Fürst des Dämonenreiches sackte zusammen als die Hand aus seinem Leib wieder heraus gezogen wurde. *Nein, das kann nicht sein. Ich bin Luzifer, nach Gott, die nächst, größte Macht.* Armageddon lachte ein weiteres Mal laut auf und versetzte seinem Opfer einen Tritt, welcher dieses einige Meter fliegen ließ. *Du bist nichts, das ist alles, was du bist. Nun stirb einfach damit du den Untergang deines Reiches nicht sehen musst.*

Alles vor den Augen Luzifers verschwand langsam im schwarz, er konnte nur noch hören wie sich Armageddon von ihm entfernte bevor er das Bewusstsein verlor.

Flucht aus Gehenna

Raviel stand oben auf dem Burgturm, von dem aus Luzifer vorher seine Ansprache gehalten hatte und versuchte dem Schlachtverlauf in der Ferne zu folgen.

Plötzlich bekam er ein Stechen in seiner Brust welches ihn zusammen zucken lies. *Was war das? Irgendetwas muss passiert sein. Oh nein, ich hoffe meinem Gebieter geht es gut.* Einer der Bediensteten des Schlosses kam zu ihm gerannt und fuchtelte wild mit den Armen herum.

Lord Raviel, Lord Raviel! Es gibt schlimme Nachrichten vom Schlachtfeld. Der Erzdämon wandte seine Aufmerksamkeit dem Bediensteten zu. *Die Truppen, außerhalb der Stadt, wurden zum Großteil ausgelöscht, aber es gab Überlebende welche zum Schloss zurück gekommen sind. Aber alle sind sie schwer verletzt und zum Teil dem Tode nah. Außerdem berichteten einige dass der Gebieter verschwunden sei. Einige der Erzdämonen kämpfen weiter vor der Stadt und versuchen den Gebieter zu finden.* Raviel signalisierte das er verstanden hatte, da sprach der Bedienstete weiter. *Außerdem sind die ersten Truppen des Feindes in die Stadt eingedrungen. Zu Anfang gelang es den Dämonen zwar noch sie auszuschalten, aber mittlerweile hat sich auch dieses Blatt gewendet.* Der Erzdämon überlegte kurz um seine Gedanken zu sortieren.

Nun gut, dann schickt Boten raus die den Dämonen Bescheid geben sollen das sie zurück kommen sollen.
Wir müssen fliehen bevor es zu spät ist und ich bin sicher dass unser Gebieter weitere Verluste vermeiden wollen würde. Wir warten nach dem weiterleiten der Befehle eine Stunde auf unsere Leute und fliehen dann.
Nun macht euch auf und sorgt dafür dass alles weitergeleitet wird. Ich werde dann unten mit den anderen vor dem Eingang zum Gewölbe warten. Der Bedienstete nickte und rannte sofort los.

Seit dem Verschwinden des Bediensteten waren nun eineinhalb Stunden vergangen und Raviel stand mit den Alten und den Kindern nun vor dem Eingang des Fluchttunnels. Wie ihm berichtet wurde, waren viele Überlebende zurück gekommen, sowohl von den Dämonen als auch den Erzdämonen. Doch leider brauchte keiner eine

Nachricht über den Verbleib des Gebieters. Raviel machte sich immer größere Sorgen um seinen Gebieter, aber er hatte eine Aufgabe und musste seine Brüder und Schwestern in das Himmelsreich führen. *Brüder und Schwestern!*

Wir müssen uns nun auf den Weg machen, so wie es Luzifer sich gewünscht hatte. Aber wir haben es eilig, denn der Gegner wird bald hier sein, auch wenn einige zurück geblieben sind um uns Zeit zu verschaffen können wir jetzt nicht länger warten. Raviel ging los und nahm die Treppe in den Untergrund. Er gab einer der Wachen die Anweisung hinten zu warten und den Gang zu verschließen, wenn alle aus dem Schloss raus sind.

Einige Tage marschierten sie Untertage, bis sie endlich den Ausgang erreichten. Doch was ihn dort erwartete konnte er nicht glauben.

Draußen stand eine Gruppe von Erzdämonen und mitten zwischen ihnen lag der Körper von Luzifer. Einer von ihnen kam auf sie zu und Raviel konnte ihn nun auch erkennen. *Achses, du hast also auch überlebt und ihr habt unseren Gebieter gefunden.* Achses verneigte sich vor ihm. *Jawohl Lord Raviel. Uns ist es glücklicherweise doch noch gelungen ihn zu finden. Allerdings erst als wir aufgegeben hatten und flüchten wollten. Seine Wunde ist tödlich, ich glaube nicht, dass er es überleben wird.*

Aber wir konnten ihn nicht zurück lassen.

Der Blick von Raviel wechselte immer wieder zwischen Achses und Luzifer. *Er wird es sicher überleben, deswegen werden wir ihn mitnehmen. Kümmert ihr euch bitte um ihn und lasst uns nun das Tor zum Himmelsreich durchschreiten.* Achses ging zurück zu seinen Leuten und sie hoben den Körper Luzifers wieder an um mit ihm zum Tor zu wandern.

Nach einer Weile erreichten sie die andere Seite des Tores und wurden sofort von einigen Engeln unter der Führung des Erzengels Michael empfangen. Die Flüchtlinge wurden direkt zum Palast geführt, während Raviel bei Michael Bericht erstattete. *Gut, ich werd das alles weiterleiten und mich um Luzifer kümmern. Vielleicht kann ich ihm ja doch noch helfen.* Der Erzdämon bedankte sich noch, bevor er sich nun den letzten Flüchtlingen anschloss und sich auf in den Palast machte.

Michael gab zwei der Dämonen Anweisung Luzifer ihm hinterher zu tragen und machte sich mit diesem auf in seinen Tempel, um sich dort gleich daran zu machen, dessen Wunden zu heilen. Mit der Behandlung war er einige Stunden beschäftigt und kam mit gesenktem Kopf wieder raus. Achses schaute ihn fragend an, worauf hin Michael den Kopf schüttelte. *Ich konnte ihm noch ein paar Stunden Zeit verschaffen, aber mehr konnte ich nicht machen. Seine Wunde ist zu schwer, um da wirklich etwas machen zu können. Geht und holt bitte Raviel, ich wurde gebeten dem Schöpfer und meinen Brüdern bescheid zu geben. Luzifer will mit uns reden.*
In einer Stunde seit bitte mit Raviel hier.

Die beiden trennten sich und machten sich auf den Weg.

Luzifers Entschluss

Achses und Raviel warteten schon vor dem Tempel, als Michael mit seinen Brüdern und dem Schöpfer zu ihnen stießen. *Entschuldigt dass wir euch warten ließen, aber wir hatten vorher noch etwas unter einander zu klären,* entschuldigte sich Michael bei den beiden Dämonen.
Ihr braucht euch nicht zu entschuldigen, schließlich habt ihr

uns bei euch aufgenommen. Aber könnten wir jetzt bitte zu unserem Gebieter? Michael warf kurz einen Blick zum Schöpfer, welcher mit einem Nicken bestätigte. *Gut, gehen wir zu ihm.*

Michael ging vor und führte die Gruppe in den Raum in dem Luzifer lag, welcher die Gruppe gleich mit einem leicht schmerz verzogenem Lächeln begrüßte. *Da seid ihr ja endlich, ihr könnt doch einen Sterbenden nicht so lange warten lassen.* Raviel rannte sofort zu seinem Herren und wollte sich entschuldigen, doch dieser schüttelte nur den Kopf.

Das war nicht ernst gemeint du Narr. Nimm doch nicht gleich alles so ernst. Luzifer bekam einen starken Hustenanfall und brauchte einen Augenblick um weiter reden zu können. *Tut mir leid, aber wir sollten die Begrüßung abbrechen und zur Sache kommen. Das Schattenreich wurde überrannt und es handelte sich um dieselbe Macht wie damals. Die Macht, die nur durch den Verlust der beiden Wächter gestoppt werden konnte. Bevor er mich besiegte nannte er mir noch seinen Namen, es handelt sich dabei um Armageddon, das Ende aller Tage. Der Kerl hat doch tatsächlich aus einigen meiner Dämonen Chaosdämonen gemacht und sich so eine eigene Armee aufgebaut. Nun sammelt er weitere Opfer um sich eine noch größere Armee zu beschaffen.*

Die Erzengel schauten entsetzt. *Oh Herr, ich glaube es ist an der Zeit, das ihr die Seelen der beiden Wächter frei gebt. Ich bin zwar nicht so mächtig wie ihr, doch bin ich mir sicher, dass auch ihr es nicht mit ihm aufnehmen könnt. Ich hab alle Kräfte mobilisiert die ich hatte und nicht einmal einen Kratzer konnte ich ihm zufügen.*

Der Schöpfer starrte zu seinem früheren Schützling herab. *Aber wir müssen die beiden beschützen bis sie alt genug sind und sie dann schnellst möglichst ausbilden. Ich weiß nicht wie viele meines Volkes überlebt haben und wie lange diese dem Feind Steine in den Weg werfen können um uns Zeit zu verschaffen.*

Der Schöpfer wandte sich ab und ging Richtung Ausgang. *Ich werde darüber nachdenken.* Michael wollte, seinem Herren folgen doch dieser winkte ihm ab.

Ich muss in Ruhe nachdenken, gab er dem Engel zu verstehen und ging.

Einige Zeit blieb Luzifer ruhig liegen, sprach dann aber doch zu seinem Bruder. *Glaubst du, er wird mir zustimmen?* Michael überlegte kurz bevor er antwortete.

Eigentlich bin ich mir sicher, aber ich hätte nicht gedacht dass er zögern würde. Plötzlich ertönte hinter ihm eine Stimme.

Es muss gut abgewogen werden, schließlich wird somit das Schicksal vieler Menschen neu geschrieben und ich weiß nicht ob ich dieses verantworten kann. Der Schöpfer war zurück und ging nun direkt an die Liege auf der Luzifer lag. *Aber du hast recht. Es ist das einzig richtige, das wir machen können, denn wir können ihre Kraft im Kampf gebrauchen. Doch brauche ich zwei Freiwillige, die über die beiden Kinder wachen.*

Rafael ergriff nun das Wort. *Herr, einen könnt ihr mir anvertrauen. Ich bin nicht umsonst als der härteste der Erzengel bekannt.* Es war dem Alten unwohl dabei gerade diesem Chaoten einen der Wächter anzuvertrauen. Doch er war wirklich einer der stärksten.

Gut, dann kümmerst du dich um Adrian. Dann fehlt noch jemand für Kyle. Luzifer lauschte dem Gespräch und hob dann seine Hand. *Bitte überlasst es mir. Ich werde mich um ihn kümmern, denn das kann ich auch als freie Seele. Meine Macht ist groß genug um mich im Notfall zu Materialisieren*

und zu kämpfen. Alle schauten überrascht zu dem gefallenden Engel. *Ja nun schaut nicht so. Ich hab für Frieden zwischen unseren Völkern gesorgt und nun will ich eine Stufe weiter gehen.*
Wenn ihr zustimmt, habe ich die perfekten Vertreter für mich. Raviel und Achses werden mich schon vertreten, außerdem hoffe ich das Michael es doch noch schafft meinen Körper wieder auf zu päppeln, wenn meine Seele fort ist. Michael überlegte einen Moment.
Das könnte funktionieren, denn eure Körper würden nicht viel Energie verbrauchen. Herr, ich stimme dem Antrag meines Bruder zu, denn er hat nun sehr lange bewiesen, das er keine üblen Absichten mehr hegt und seine Taten bereut.

Der Schöpfer nahm sich einige Sekunden Zeit bevor er seinen Entschluss mitteilte. *So soll es sein, denn ich denke Luzifer ist mit einer der besten Wahlen die wir treffen können. Dann bereite ich jetzt alles vor.*
Der alte Mann öffnete die Handflächen und setzte die Seelen der beiden Wächter langsam frei. *Mein Gebieter, seit ihr euch sicher, das ihr dass machen wollt?* Fragte der entgeisterte Raviel, worauf hin Luzifer lächelnd nickte. *Ihr zwei werdet mich solange gut vertreten, außerdem müsst ihr euch darum kümmern dass unsere Truppen sich der Verteidigung des Himmelsreiches widmen. Raviel, du bist ein sehr guter Stratege und Organisator. Gemeinsam mit Achses und seiner Führungskraft schafft ihr alles.*

In den Händen des Schöpfers entstanden nun langsam die beiden lange versiegelten Seelen. *Rafael und Luzifer eure Seelen werden nun eine Schutzhülle um die Seelen der Kinder bilden. Eure Seelen werden gleich langsam euren Körpern entweichen, also, habt keine Angst.*

Rafael legte sich auf die Liege neben der von seinem Bruder.

Langsam konnten die beiden spüren wie ihre Seelen langsam entwichen und sich um die der Wächter legten. *Ihr zwei müsst sie beschützen bis zu ihrem sechzehnten Lebensjahr, ab da werden ihre Kräfte erst erwachen und ihr könnt sie ausbilden. Passt also gut auf sie auf.* Rafael hob seine Hand und gab zum Abschied nur noch drei Worte von sich. *Geht klar Chef.* Dann sackte sein Körper zusammen. Luzifer verdrehte nur noch seine Augen bevor auch seine Seele ganz entwich.
Nun gab er die Seelen frei und schickte sie zur Erde.

Ich weiß dass ihr mich nicht enttäuschen werdet, wir alle glauben an euch.

Allein im Nebel

Ich erinnere mich noch daran als wäre es gestern gewesen. Es war mein achter Geburtstag und meine Mutter führ mit mir in die Stadt um mit mir dort den Tag zu verbringen, da mein Vater den ganzen Tag im Büro zu tun hatte. Ja, es machte mich schon traurig, dass er nie Zeit hatte und immer bis zum späten Abend dort bleiben musste. Um mich abzulenken plante meine Mutter damals für mich also einen schönen Tag.

Wir waren erst im Vergnügungspark und später klapperten wir die Geschäfte ab. Ich konnte mir alles aussuchen, was ich wollte. All die Überstunden, die mein Vater machte, hatten für uns einige finanzielle Vorteile. Es war acht Uhr als wir zurück nach Hause wollten.
Wir standen an der Bushaltestelle und warteten, doch der Bus kam nicht. Es begann zu regnen und so beschloss meine Mutter meinen Vater anzurufen.
Warte hier, ich werd Papa anrufen damit er uns abholt. Soviel wie er im Büro ist, kann er auch mal was liegen lassen.

Ich setzte mich auf die Bank und schaute ihr nach. Ich schaute zu wie langsam ein Nebel aufzog und rief nach meiner Mutter.

Mama! Schau mal, es gibt dicke Wolken hier unten! Ich drehte mich in Richtung Telefonzelle und musste feststellen, dass meine Mutter verschwunden war. *Mama?! Mama!!!* Schrie ich und rannte umher. Doch nirgends war sie zu sehen, niemand war zu sehen.

Die Straßen schienen wie leergefegt. Ich beschloss zurück zur Haltestelle zu gehen und dort zu warten, da Mutter sicher wiederkommen würde. Doch lange Zeit geschah nichts. Ein Schäppern erweckte meine Aufmerksamkeit und ich sprang auf. Ich schaute mich um und versuchte durch den Nebel zu erkennen, woher es kam, aber er war einfach zu dick.

Plötzlich hörte ich hinter mir Schritte und drehte mich schnell um. Doch wieder war nichts zu sehen. *Hallo? Ist da jemand?* Fragte ich ins Nichts und bekam keine Antwort. Ich bekam langsam tierische Angst, da hörte ich wieder Schritte. Sie kamen langsam auf mich zu. Es war heraus zuhören, das es sich um mehrere Menschen handeln musste.

Aus Hoffnung, dass meine Mutter dabei wäre, ging ich in die Richtung aus der die Schritte kamen, und lief plötzlich gegen irgendetwas. Ich plumpste nach hinten auf den Hintern und blickte zu dem Hindernis.
Es war ein paar Beine.
Langsam schaute ich höher und bekam einen Schreck.

An sich sah der Mann vor mir zwar aus wie ein Mensch, doch seine rot leuchtenden Augen und seine scharfen Eckzähne die hervor guckten, jagten mir Angst ein. Der Mann beugte sich vor und ich konnte hören wie er tief durch die Nase Luft holte. Nun verformte sich seine Hand und erinnerte an eine Sichel aus Fleisch und Knochen. Es stieß einen schrillen Schrei aus und es wurden immer mehr von ihnen sichtbar. Alle mit diesen fleischigen Sicheln an Stelle von Händen.

Ich sprang auf und fing an zu rennen, wobei ich nach einigen Metern noch mal zurück schaute. Diese menschenähnlichen Wesen stießen gemeinsam einen weiteren schrillen Schrei aus und rannten mir dann nach. Ich rannte um mein Leben, was mir immer schwerer viel, da meine Kleidung sich durch den Regen immer mehr mit Wasser voll saugte. Wieder schaute ich zurück und musste feststellen, dass sie sehr nah hinter mir waren. Die ich nicht auf den Weg achtete stolperte ich und flog in eine Pfütze.

Es war zu hören, wie sich die Verfolger nun um mich verteilten. Ich wagte es nicht die Augen zu öffnen und bibberte lieber vor Angst, zusammen gekauert in der Pfütze. *Mama, Papa. Helft mir bitte.* Stammelte ich vor mich hin, als sich eine der Personen auf mich zu bewegen zu schien. Im selben Moment verspürte ich plötzlich ein Gefühl von Wärme, die mich umhüllte.
Finger weg! Ertönte eine Stimme und ließ mich aufschauen. Dieses Ding wollte gerade nach mir ausholen, aber wurde von der Stimme nun abgelenkt. Ich schaute mich um und versuchte den Ursprung der Stimme auszumachen, doch konnte nichts entdecken.

Der Junge steht unter meinem Schutz, somit könnt ihr euer Vorhaben also vergessen! Im nächsten Augenblick kam eine leuchtende Kugel auf das Wesen vor mir zugeflogen und ließ es zu Staub zerfallen, als es dieses berührte. Ich schaute in die Richtung aus der die Kugel kam und sah oben auf einem der Dächer eine Gestalt, welche sich nun vom Dach fallen ließ. Ich schloss kurz die Augen, da ich seinen Aufschlag nicht sehen wollte. Doch es war nichts zu hören und ich öffnete meine Augen wieder um zu schauen was, mit dem Fremden passiert war.

Der Fremde stand vor mir, gehüllt in eine weiße Robe, welche alles von ihm versteckte. *Hab keine Angst Kleiner, ich bin hier um dich zu beschützen.* Eines der Dinger nährte sich dem Fremden und griff ihn an, doch er wich jedem Hieb mit Leichtigkeit aus. *Mehr hast du nicht drauf?* Fragte mein Beschützer spöttisch, da sprangen drei weitere der Wesen auf ihn zu und sie schlugen gemeinsam nach meinem Retter. Dieser riss nun seine Robe von sich und ich konnte nur ein Klirren hören.

Zwar war er verdeckt durch seine Gegner, aber langsam konnte ich ihn genauer mustern. Der Mann war etwas größer als seine Angreifer, heut würde ich sagen knapp ein Meter neunzig. Er hatte schwarzes etwas längeres Haar, welches, ihm regelrecht zu Berge stand. Seine Kleidung sah eher seltsam aus. Sie bestand zum größten Teil aus schwarzem Stoff, wobei seine Brust und die Gelenke von weißen Metallplatten geschützt waren. Er wirkte, auf den ersten Blick, wie ein richtiger Kämpfer und als ich ihn im Kampf sah, wurde mir klar, dass er es auch sein musste.

Seinen Bewegungen konnte ich kaum folgen und wie aus dem nichts hielt er plötzlich ein Schwert in der Hand.
Es sah aus wie eines dieser japanischen Schwerter die man in den alten Zeiten der Samurai im Kampf benutzte, nur das diese aus weißem Metall zu sein schien. Im Nu lagen die vier Feinde auf dem Boden. Wie es dazu kam konnte ich nicht sehen, da die Bewegungen für mich nicht zu erkennen waren. Vom Gegner waren nun noch drei übrig, welche meinen Retter langsam umrundeten, bevor sie auf ihn zu stürmten.

Mein Beschützer machte einen Satz und sprang sehr weit in die Höhe, wobei sich hinter seinem Rücken plötzlich Flügel mit schwarzen Federn bildeten. Langsam sank er wieder zu Boden und grinste breit bevor er seine Feinde wieder auf sich zukommen ließ.
Zwei stieß er einfach mit seinen Flügeln weg und den dritten spaltete er mit seiner Klinge in zwei Teile. Die zwei die noch übrig waren, setzten sich in Bewegung und versuchten zu flüchten.

Als der Fremde das sah, bildete er in seiner Hand eine Lichtkugel und warf sie nach einem der Flüchtlinge, welcher als er getroffen wurde, in Flammen aufging und zu Staub zerfiel. Gerade wollte er dem zweiten eine Kugel hinterher werfen, als sich vor diesem ein schwarzes Loch öffnete und das Wesen verschlang.

Als ich mich langsam wieder beruhigte, fing ich an zu weinen. Mein Retter kam auf mich zu und ging vor mir auf die Knie, wobei er mich freundlich anlächelte. *Hab keine Angst Kleiner, sie sind weg und werden dir nichts mehr antun können.* Er hob mich nun hoch und setzte sich langsam in Bewegung.

Was waren das für Menschen? Fragte ich ihn mit zittriger Stimme. *Das brauchst du noch nicht zu wissen, denn es ist noch nicht an der Zeit. Ich werde dich nun zu deiner Mutter bringen.* Es ärgerte mich, dass er mir nichts sagen wollte. *Sagst du mir wenigstens wie du heißt?* Der Fremde lächelte wieder und erst jetzt merkte ich, dass er ziemlich blass war. Seine Augen hatten einen rötlichen Farbton und beim Reden konnte ich sehen, das er spitze Eckzähne hatte.

Trotz seinem merkwürdigen Aussehen, hatte ich nicht das kleinste Gefühl der Angst in mir fühlen können.

Ich fühlte mich bei ihm geborgen, so wie bei meinem Vater. *Meinen Namen willst du wissen? Na gut, den kann ich dir ja sagen. Ich heiße Lu. Mehr werd ich aber nicht sagen.* Er ließ mich runter und setzte mich auf eine Bank. Ich konnte nun erkennen, dass es die Bushaltestelle war, an der auf meine Mutter wartete.

So, deine Mutter wird dich gleich holen. Ich werd jetzt verschwinden, aber keine Angst. Ich werde immer über dich wachen. Nun genieße deine Kindheit, wir sehen uns eines Tages wieder. Er legte seine Hand auf meine Stirn und ich schlief einfach ein.

Wach wurde ich erst wieder, als man sanft an mir schüttelte. *Kyle, Papa wird gleich da sein.* Schlaftrunken schaute ich in das Gesicht meiner Mutter und nickte. Das Auto meines Vaters hielt vor uns und wir stiegen ein, wobei ich hoffte, dass wir schnell zuhause sein würden, da ich nur noch in mein Bett wollte. Ich fühlte mich erschöpft, hatte aber keine Erklärung warum?

Die Erinnerungen an die Geschehnisse in dem Nebel waren verschwunden und sollten erst in einigen Jahren wiederkommen.

Die Welt mit unseren Augen

Nadine und Daniel sind seit anderthalb Jahren ein Paar und sehr glücklich. Nadine hat noch zwei andere Geschwister. Die eine Schwester ist 21, heißt Jessica und wohnt nicht mehr bei ihren Eltern. Sie ist die Lieblingstochter von Wolfgang, das ist Nadines Vater. Die zweite Schwester ist 18 Jahre, heißt Laura und wohnt noch bei Ihren Eltern. Nadine selber ist 15 und wohnt auch noch bei ihren Eltern. Daniel ist 19 und hat schon seine eigene Wohnung. Er wohnt leider 10 Kilometer von Nadine entfernt.

Nadine kam erst gut mit ihrer Mutter zurecht, seit ein paar Jahren aber fühlt sie sich zuhause immer unwohler, dadurch geht das gute Verhältnis zu ihrer Mutter immer mehr verloren. Mit ihrem Vater hat es angefangen, dass das Verhältnis zuhause zu ihren Eltern immer mehr kaputt geht. Sie hat zwei Möglichkeiten, wie sie sich auffangen lassen kann. Nadine hat einen sehr guten Draht zu ihren Großeltern, die neben ihren Eltern wohnen. Nadine sagt selber „Oma und Opa haben mich großgezogen" Zum Zweiten kommt sie mit ihrer Schwester Laura super zurecht. Mit ihr kann sie über alles reden und sich ausheulen. Laura wird von ihrem Vater aber genauso schlecht behandelt wie Nadine. Der Unterschied bei den Beiden ist nur, dass Nadine ihren Mund aufmacht, wenn sie von ihrem Vater schlecht behandelt wird und Laura alles in sich hinein frisst.

Eines Abends unterhalten sich die beiden über das Verhältnis zuhause, ohne dass es die Eltern mitbekommen. Nadine fragt ihre Schwester „Laura was denkst du, was wir ändern können, dass das Verhältnis zu unseren Eltern wieder besser wird? Laura „ Nadine, das wird sich nie mehr ändern, unser Vater hat sich in den letzten Jahren so zum Negativen verändert, das er nicht wieder der Alte wird. Mama weiß ganz genau, dass er sich uns gegenüber so schlecht verhält, aber Sie sagt nichts dazu. Du hast gesehen, wenn du was sagst, gib er es nicht zu und verhält sich weiter uns gegen

über so schlecht. So wird sich nie was ändern. Wir müssen damit umgehen." Nadine:
„Du hast recht, trotzdem gebe ich nicht auf. Ich muss mir was ganz anderes überlegen, so will ich nicht weiter hier leben, daran gehe ich noch kaputt und das will ich nicht". Laura: „Was willst du bitte unternehmen? Da kannst du nichts unternehmen!" Nadine: „Ich weiß es noch nicht, aber irgend etwas, muss es da geben".

Seit dem Gespräch sind mehrere Tage vergangen, Nadine ist bis jetzt nur eine Lösung eingefallen, die helfen kann. Diese Lösung gefällt ihr nicht wirklich, aber sie kann hilfreich sein. An diesem Abend redet sie mit Laura um die Meinung von ihr zu hören. Nadine: „Laura, seitdem wir das letzte Mal darüber geredet haben, wie es hier weiter gehen kann, sind vier Tage vergangen. Mir ist seitdem nur eine Lösung eingefallen, die helfen kann. Sie gefällt mir nicht wirklich, aber sie kann hilfreich sein. Diese Lösung ist, dass wir beim Psychologen eine Familientherapie beginnen können. Was denkst du darüber?" „Eine Familientherapie? Na ja, sie kann wirklich hilfreich sein, aber zu einem Psychologen würde ich nicht so gerne gehen. Hast du mit Daniel darüber schon gesprochen?" Nadine: „Ich weiß das ein Psychologe nicht so schön ist, aber bisher ist mir noch nichts Besseres eingefallen. Ich überzeuge noch ein bisschen weiter. Mit Daniel habe ich auch darüber gesprochen. Er findet die Idee ganz ok, außer das er über einen Psychologen fast so denkt, wie wir."
Die Drei überlegen ein paar Tage, bis sie schließlich entscheiden, das Nadine und Laura mit ihren Eltern darüber reden, das sie das Verhältnis zu ihnen wieder verbessern wollen. Nadine sagt zu ihren Eltern: "Mama und Papa, seit mehreren Jahren wird unser Verhältnis immer schlechter. Ich und Laura können so nicht mehr mit euch zusammen leben und wir wollen einfach das Verhältnis zu euch wieder verbessern. So sind wir zu dem Entschluss gekommen, dass wir, wenn ihr es auch wollt, eine Familientherapie beginnen wollen." Dann sagt die Mutter: "Ich habe auch gemerkt, das unser Verhältnis immer schlechter wird. Ich weiß auch, dass es so nicht

weiter geht. Ich würde es gut finden, wenn wir eine Familientherapie beginnen würden. Fragt mal euren Vater, was er darüber denkt". Der Vater: „Ich weiß zwar nicht, was man da ändern kann, aber wenn ihr es alle wollt, dann will ich mich nicht dazwischen stellen". Darauf hin ruft Nadine gleich am nächsten Tag bei einem Psychologen an. Sie haben zwei Tage später einen Termin. Das ging so schnell, weil es keiner außer dem Vater mehr so lange aushalten kann.

An dem Abend ruft Nadine alle zusammen (Laura, Wolfgang, die Mutter) um darüber zu reden, was sie beiden dem Psychologen sagen wollen. Wolfgang hat an dem Abend sehr schlechte Laune. Man sollte ihn, normalerweise wenn er so schlecht drauf ist, in Ruhe lassen. Da achtet Nadine dieses Mal nicht drauf. Sie meint, dass er sich auch zusammen reißen kann. Es sitzen nun alle zusammen. Die Mutter fängt als Erstes an zu reden. Sie meint: „Nadine, wir müssen nicht bereden, was wir sagen wollen." Nadine überlegt kurz und antwortet darauf: „Vielleicht hast du recht, aber ich habe Angst, das Papa bei dem Psychologen ausrastet. Ich würde lieber, das er sich hier zuhause unter Kontrolle hat." Wolfgang war nicht von Anfang an dabei, hat aber zum größten Teil mit bekommen, was gesagt worden ist.

Wolfgang kommt nun dazu, sagt aber erstmal nichts dazu, ist aber schon richtig sauer. Laura sagt auf Nadines Meinung: „Es wäre doch nichts Neues mehr, wenn er ausrasten würde." Jetzt platzt Wolfgang der Kragen: „Was denkt ihr eigentlich, wer ihr seid? Ich gehe nie mit euch schlecht um, und wenn, habt ihr es verdient. Nadine wenn ich beim Psycho Heini ausraste, habt ihr es verdient, das ich mit euch so schlecht umgehe. Heike (die Mutter) du solltest mit den Kindern noch reden, das die Kinder nichts Negatives über mich sagen werden". Darauf geht der Vater. Nadine meint mit frustrierter Stimme wo er weit weg genug weg ist und nichts mehr mit bekommt: „Ich weiß nicht, wo das noch hin führen soll und ob es überhaupt einen Sinn hat, das wir zum Psychologen gehen, wenn er sich noch nicht mal bemüht, mit uns besser umzugehen". Laura meint dazu: „Eins hat er nicht gemacht, was Papa fast immer macht, wenn er so eine Laune hat…" Wolfgang sagt erbost: „Ich unterbreche dich extra, weil ihr endlich euren Mund halten sollt, ich dulde es nicht mehr, das ihr so schlecht über mich redet, auch wenn ihr meint, dass ich nichts mit bekomme". Darauf hin hören die Drei auf zu reden und gehen ins Bett.

Am nächsten Tag, fährt Nadine zu Daniel. Ihr Freund hat heute frei und nimmt sich den ganzen Tag nur für Nadine Zeit. Daniel hat extra an dem Morgen Brötchen geholt und Frühstück gemacht. Er hat seine Wohnung verdunkelt, Kerzen aufgestellt und Rosen auf den Tisch gestellt um Nadine zu überraschen. Seine Freundin klingelt an der Tür, sie muss ein Tuch um ihre Augen binden. Daniel führt sie anschließend in die Wohnung. Im Wohnzimmer, wo er das Frühstück aufgestellt hat, nimmt ihr Freund das Tuch von ihren Augen ab. Nadine steht erst ein paar Sekunden nur da, damit hat sie überhaupt nicht gerechnet. Sie freut sich aber sehr und fällt anschließend ihrem Freund in die Arme. Daniel denkt, „Das ist mir wohl gut gelungen". Daniel führt Nadine zu ihrem Platz. Beim Frühstück unterhalten sie sich sehr viel, über den gestrigen Abend, über Nadines Schule, Daniels Ausbildung als Koch und vieles mehr. Nach dem Frühstück überlegen sie, was sie an so einem schönen Wintertag unternehmen können. Sie entschließen sich, in den Wald zu fahren, mit dem Schlitten von Daniel und dort Schlitten zu fahren. Anschließend gehen sie am Nachmittag ins Kino und abends Essen. Daniel hat gemerkt, dass Nadine einen Tag Ablenkung braucht. Die nächsten Wochen werden für sie anstrengend genug, mit dem Psychologen und sie hat auch noch in den nächsten Monaten Prüfungsvorbereitung für ihren Realschullabschluss.

Am späten Abend wo Nadine gut gelaunt zu Hause ankommt, herrscht das Chaos. Laura liegt weinend auf ihrem Bett und ihre Mutter ist nicht zuhause. Nadine versucht ihre Schwester zu beruhigen und versucht von ihr heraus zu finden, was passiert ist.

Nachdem Laura sich einigermaßen beruhigt hat, erzählt sie ihrer Schwester, dass ihr Vater gesoffen hat und sie und ihre Mutter geschlagen hat. Nadine weiß, dass es nicht das erste Mal war, das so was passiert ist. Es passiert ein bis zwei Mal im Monat. Ihre Mutter möchte sich wegen der Beiden nicht von Nadines und Lauras Vater trennen. Nadine weiß aber, dass es nicht so weiter kann, deswegen will sie auch eine Familientherapie beginnen. Laura wird erstmal von ihr lieb ausgequetscht, wo es ihr weh tut, wo ihre Mutter ist und wodurch ihr Vater so sauer geworden ist. Laura antwortet darauf: „Ich habe keine dollen Schmerzen, meine Schulter und mein Bein tun ein bisschen weh, Mama geht es dagegen schlechter, sie liegt im Krankenhaus, zur Beobachtung, kommt aber morgen, wahrscheinlich wieder raus und möchte auch wenn mit zum Psychologen. Papa war wegen gestern noch schlecht gelaunt, ich habe nur was Falsches gesagt, darauf ist er ausgerastet und hat angefangen mich ins Gesicht zu schlagen. Mama ist dazwischen gegangen. Er hat immer wieder versucht, mich zu schlagen, hat er aber nicht geschafft, weil Mama dazwischen gegangen ist. Irgendwann hat es ihm gereicht, und er hat auf unsere Mutter richtig eingeschlagen. Ich habe darauf einen Krankenwagen gerufen, die Polizei habe ich mich nicht getraut. Unsere Mutter, wie gesagt, ist im Krankenhaus". Sie haben den ganzen Abend nichts mehr vom Vater gehört.

Am nächsten Tag, ist Nadine ganz gewöhnlich zur Schule gegangen und nach der Schule zu ihrer Mutter ins Krankenhaus, wo Laura vor den Zimmer ihrer Mutter saß. Sie meinte: „Unsere Mutter hat heute ein paar Untersuchungen gehabt. Jetzt hat sie gerade ein Gespräch mit den Arzt, wahrscheinlich aber, können wir unsere Mutter mit nach Hause nehmen." Gut zehn Minuten, nachdem Nadine eingetroffen war, war Heike mit dem Gespräch fertig. Sie sind in die Cafeteria vom Krankenhaus gegangen, da hat die Mutter den beiden erklärt, was der Arzt gesagt hat: „Ich habe nichts Schlimmes, nur meine Hand ist gebrochen, ein Band im Bein ist gerissen und ich habe einen Kieferbruch. Deshalb muss ich erstmal an Krücken laufen. Es wird aber wieder alles gut, sagt der Arzt". Nadine sagt zu ihrer Mutter: „Mama ich habe mir viele Gedanken seit dem Vorfall gemacht. Denkst du, das es so gut wäre, wenn du mit unseren Vater zusammen bleibst?" Die Mutter überlegt ein paar Sekunden, und meint anschließend: „Ich liebe euren Vater und möchte mit ihm zusammen alt werden. Ich weiß, ihr versteht das nicht, aber er kann auch so nett und liebenswürdig sein. Euer Vater ist die Liebe meines Lebens. Trotzdem gehen wir heute zum Psychologen. Bei dem soll das Ziel sein, das er euch und mich nicht mehr schlägt."

Bei dem Psychologen treffen sich die Drei mit dem Vater. Vor der Praxis meint der Vater zu der Mutter, „Es tut mir sehr leid, was ich dir angetan habe, ich möchte dich nie mehr schlagen. Bitte bleib bei mir." Die Mutter meint: „Verspreche nicht was, was du nicht halten kannst. Natürlich bleibe ich bei dir, du Trottel. Willst du dich nicht bei Laura entschuldigen?" Der Vater sagt ein bisschen genervt zu Laura: „Tut mir leid." Laura antwortet: „Schon ok", denkt aber; „ Darauf konnte ich auch verzichten!"
Anschließend gehen sie zum Psychologen rein. Der Psychologe begrüßt sie, stellt sich vor und alle gehen ins Sprechzimmer. Der Psychologe fragt: „Nadine hat mir schon einiges erzählt, ich würde aber gerne von ihnen hören, warum sie heute hier sind." Erst traut sich keiner etwas zu sagen, aber doch dann antwortet die Mutter: „Bis vor einigen Jahren waren wir eine sehr glückliche Familie, alle sind super zurecht gekommen, es gab wenig Streit. Doch dann, keiner weiß warum, noch nicht mal er selber, hat Wolfgang – er war noch nicht mal früher Alkoholiker - angefangen zu trinken. Es wurde immer schlimmer und schlimmer. Unser Verhältnis und das zu den Kindern wurde auch immer schlimmer. Das Verhältnis von mir zu meinen Kindern war von Anfang an noch nicht in Gefahr, wurde auch immer schlimmer, weil sie nicht verstanden haben, warum ich ihren Vater in Schutz genommen habe." Der Psychologe fragt die Mutter: „Warum müssen sie ihn in Schutz nehmen, ihr Mann hat doch nichts Schlimmes gemacht, außer viel getrunken.

Ok, das ist schon schlimm, aber nicht so schlimm, dass das Verhältnis zu den Kindern schlechter werden muss?" Die Mutter antwortet darauf: „Am Anfang ``nur`` betrunken, einige Zeit später aber, wurde er richtig widerlich. Wolfgang hat angefangen rum zu pöbeln. Es wurde immer schlimmer. Wir haben angefangen uns zu streiten wenn er betrunken war und eines Tages hat Nadine ihre Meinung zu ihm gesagt, darauf hin wurde sie von ihren Vater geschlagen. Das wurde immer häufiger, ich habe ihn immer in Schutz genommen. Nadine hat einen neunzehn jährigen Freund, der früher von seinen Vater über mehrere Jahre misshandelt worden war. Als Nadine ihm davon erzählt hat, was bei uns zuhause vor sich geht, hat er sofort bei der nächsten Gelegenheit Wolfgang zur Rede gestellt. Wolfgang hat nichts dazu gesagt, sondern wollte Daniel, so heißt der Freund, schlagen. Daniel hat ihm aber klar gemacht, das er sich so was nicht gefallen lässt. So geht es auf jeden Fall bei uns nicht weiter. Wir wissen keinen Ausweg. Ich will mich aber auch nicht von ihm trennen."

Der Psychologe fragt erstmal den Vater, wie er es sieht, bevor Herr Winterkorn (so heißt der Psychologe) was dazu sagt. Der Vater sieht es so: „Ich trinke ab und zu was, das stimmt, betrunken bin ich aber nicht so oft. Rum pöbeln tue ich nicht und Frauen schlage ich grundsätzlich nicht." Die Mutter unterbricht: „Du schlägst keine Frauen? Warum habe ich dann einen Kieferbruch gestern Abend von dir bekommen? Eigentlich dürfte ich gar nicht reden und es tut auch sehr weh. Trotzdem bin ich mit gekommen und rede soviel, weil ich möchte, das es wieder so wird wie früher, aber du siehst nichts ein, weil es dein Ego nicht zulässt. Entweder Wolfgang, du siehst jetzt die Sachen ein, die du verbockt hast, oder es hat kein Sinn mehr." Darauf sagt der Vater sehr ernst: „Es gibt nichts, was ich einsehen muss, es ist so wie ich es sage!" Darauf sagt die Mutter genervt und traurig: „Ich habe mich und auch die Kinder mehrere Jahre von dir schlagen und demütigen lassen, jetzt kannst du, wo es um deine Ehe geht, nichts zugeben, so sehr liebst du uns also. Kommt, Nadine und Laura wir gehen." Herr

Winterkorn versucht Heike mit ihren Kindern noch davon abzuhalten zu gehen, aber die Drei hören nicht mehr darauf.

Draußen ruft Nadine Daniel an, dass er sie nach Hause fahren soll. Zuhause packen sie schnell ihre Sachen zusammen. Als sie gerade fahren wollen, kommt ihr Mann/Vater betrunken an und fragt: „Wollt ihr wirklich von mir weg?" Die Mutter antwortet: "Ja wollen wir, es hat mit dir einfach keinen Sinn mehr. Ich habe zu dir gesagt, dass es mein Traum ist, mit dir zusammen alt zu werden. Wenn du trocken wirst, nicht mehr rum pöbelst und schlägst, können wir da gerne noch mal drüber reden." Wolfgang traut sich nicht, handgreiflich zu werden, weil er weiß, das Daniel stärker als er ist. Darauf hin geht Wolfgang ins Haus.

Nadines Freund fährt sie erst mal zu sich, wo die drei ein paar Tage bleiben können. Obwohl Daniel ein Azubi ist, hat er eine große Wohnung mit einem Schlaf-Wohnzimmer, einem Gästezimmer, welches er als Büro benutzt, ein Badezimmer, eine Küche und einen Balkon. Da ist also für vier Personen genug Platz. Die nächsten Tage nutzen Heike, Laura und Nadine um sich zu beruhigen.

Einen Monat später, trifft Heike Wolfgang in der Stadt. Sie verstehen sich gut und gehen zusammen in ein Cafe. Er erzählt ihr, was er schon alles gemacht hat, um seine Frau und die Kinder wieder zu gewinnen. „Ich war bei einem Psychologen um heraus zu finden, warum ich so aggressiv bin; war bei einem Arzt, um eine Überweisung für eine Entgiftungskur zu bekommen." Heike fragt: „Warum bist du so aggressiv, wenn du betrunken bist?" Wolfgang antwortet: „Wie du weißt, habe ich früher viel Schläge von Jugendlichen bekommen. Wenn ich betrunken bin, sind die Hemmungen weg, habe ich mich nicht mehr unter Kontrolle und möchte nur die Schläge, die ich bekommen habe, weiter geben." Heike überlegt kurz, nimmt einen Schluck von ihrer Cola, bevor sie mit folgendem antwortet: „Es ist schlimm was du durchmachen musstest. Es geht, aber wie es zuletzt gelaufen ist, nicht weiter. Ich habe wegen dir einen Tag im Krankenhaus

gelegen, das ist nicht normal und das mache ich nicht mehr mit. Es gibt viele Menschen, die ihre Wut an nächsten Mitmenschen rauslassen, das bekommt man fast jeden Tag in den Medien mit. Es gibt aber auch Menschen, die ihre Wut und Enttäuschung anders verarbeiten. Ein gutes Beispiel dafür ist, Daniel. Er wurde früher von seinen Mitschülern fast jeden Tag von Schlägen überhäuft und zuhause hat sein Vater ihn auch noch geschlagen. Wegen ihm hat er auch schon ein paar Mal im Krankenhaus gelegen. Ein Mal war es sogar so schlimm, dass er zu Spezialärzten in die Medizinische-Hochschule-Hannover (MHH) musste. Daniel und Nadine streiten sich öfters mal, aber geschlagen wurde sie von ihm noch nie. Dieses Beispiel solltest du dir zu Herzen nehmen und es so umsetzten. Ich werde mit Daniel auch noch reden, ob er dir ein paar Tipps geben geben kann, wie du deine Wut besser in den Griff bekommst. Als erstes aber solltest du die Finger vom Alkohol lassen." „Mir ist einiges klar geworden, seitdem du mit den Kindern fort bist. Ich weiß nicht, ob ich ohne Bier und Schnaps leben kann..." Heike unterbricht ihn: „Wenn du willst, das ich mit den Kindern wieder komme, musst du mit dem trinken aufhören, das ist meine Bedingung!" Wolfgang überlegt einen Augenblick und antwortet: „Ok, ich werde mit dem trinken aufhören, die Hauptsache ist, das ihr bald wieder bei mir seid." Heike trinkt ihre Cola aus und sagt zu ihren Mann: „Ich muss jetzt nach Hause, muss noch was für die Arbeit fertig stellen. Ich wünsche mir, das du in der nächsten Zeit bei der Entscheidung bleibst."
Laura, Nadine und Daniel sind an diesen Tag beim Schwimmen und noch nicht wieder da. Die Zeit nutzt Heike, um ihre Aufgabe für die Arbeit fertig zu stellen. In dem Augenblick, wo Heike mit ihrer Aufgabe fertig ist, kommen die Drei mit guter Stimmung vom Schwimmen nach Hause. Sie werden um ein Gespräch gebeten. Nadine fragt ihre Mutter, als alle zusammen sitzen: „Mama, was möchtest du mit uns besprechen?" „Ich habe euren Vater vorhin in der Stadt getroffen, wir sind in ein Cafe gegangen, um zu besprechen, wie es weiter gehen soll. Euer Vater hat mir gesagt, dass er gerne möchte, dass wir wieder zu ihm zurück kommen

sollen. Dafür hat er einiges getan, das wir wieder zurückkommen. Er war bei einem Psychologen, um den Grund heraus zu finden, warum er uns über mehrere Jahre geschlagen hat. Es liegt an seiner Vergangenheit und er war bei einem Arzt um eine Überweisung zu bekommen, für eine Entgiftungskur." Ihre kleine Tochter fragt darauf: „Mama, du hast hoffentlich nicht ja gesagt, nur weil Papa sich bemüht hat, dass wir wieder zurück kommen? Er hätte sich schon viel eher um alles bemühen müssen!" „Nein das habe ich nicht gesagt. Ich meinte zu ihm, wenn er nichts mehr trinkt, egal wie er es schafft, das wir dann weiter sehen." „Mama, du weißt aber auch, das Papa auch so tun kann, als ob er nicht mehr trinkt." Daniel meint ein bisschen genervt zu Heike: „Tut mir leid für meinen Tipp, aber warum trennst du dich nicht von ihm? Wolfgang hat euch mehrere Jahre geschlagen, du hast die ganzen Jahre zu ihm gehalten, jetzt bist du endlich wach geworden, wartest aber nur darauf, bis er das trinken aufhört, das du mit deinen Kindern wieder zu ihn zurück kannst. Ich sag dir, der hört nie mit dem trinken auf. Wolfgang wird in der ersten Zeit, so tun als ob." Heike antwortet darauf, „Ihr beide denkt, Laura wohl auch, das Wolfgang nie mit den trinken aufhört. Was soll ich eurer Meinung nach tun? Ich liebe diesen Mann." Jetzt meldet sich Laura zu Wort: „Mama, wie die beiden schon meinen wird Papa nie mit dem Trinken aufhören. Willst du wirklich mit so einem Mann zusammen sein, der jeden Tag betrunken ist und dich schlägt? Wenn du zurück zu ihm gehst, werden wir erstmal mitkommen, aber wenn wir einen Schlag abbekommen, werden wir zu Daniel ziehen. Das haben wir mit ihm abgesprochen. So wirst du alleine mit Papa sein, das würde die Hölle für dich werden, willst du das wirklich?" Die Mutter antwortet darauf: „Ich muss mir darüber Gedanken machen. Eins ist aber auch komisch bei eurer Vermutung, dass er tagsüber trocken bleiben kann, wenn er arbeitet. Warum kann er nicht trocken bleiben, wenn er bei mir ist?" Daniel antwortet darauf: „Es ist ganz einfach, wenn Wolfgang öfters betrunken zur Arbeit kommt, fliegt er raus. Die anderen Betriebe, wo sich Wolfgang bewirbt, erkundigen sich bei dem Betrieb, wo

Wolfgang rausgeflogen ist, über Wolfgang. Wenn der neue Betrieb dann erfährt, dass Wolfgang öfters betrunken zur Arbeit gekommen ist, oder sogar am Arbeitsplatz was getrunken hat, stellen sie ihn ganz sicher nicht ein. Das weiß bestimmt Wolfgang, deshalb trinkt er nur zuhause, da braucht er seinen Alkohol, deshalb kann er nicht mit dem Trinken aufhören. Wolfgang hat in den letzten Jahren mitbekommen, das du dir das gefallen lässt, er weis auch, das es im Moment nur eine Phase von dir ist, deshalb hört er nicht mit dem Trinken auf. Absehen davon, dass er es sowieso nicht schafft. So musst du wissen, ob du das weiter mitmachst, oder nicht. Ich bin zurzeit dabei, dir einen Beweis zu präsentieren, der zeigt, dass er nicht mit dem Trinken aufhören will." „Das klingt sinnvoll, aber ich möchte trotzdem den Beweis von dir sehen und ich muss mir auch meine Gedanken darüber machen."

Daniel, Laura und Nadine, gehen zusammen in Daniels Zimmer, um sich in Ruhe zu unterhalten. Laura fragt Daniel: „Daniel, wie hast du es dir vorgestellt, wie wir auf Dauer hier wohnen können? Du mit Nadine ist keine Frage, aber wir zu dritt?" Daniel antwortet, nimmt aber vorher einen Zug von seiner Zigarette. „Du wirst mein Büro als Zimmer bekommen. Wie wir es mit dem Geld fürs Essen und für die Miete machen, sehen wir dann. Das gilt auch für dich, Nadine."

Zwei Tage nach diesem Gespräch treffen sich Daniel, Nadine, Laura und Wolfgang. Das Ziel des Gespräches ist von den Dreien, den Beweis für Heike zu bekommen, dass Wolfgang nicht mit dem Trinken aufhören will. Daniel sagt zu Wolfgang: „Ich habe gesehen, seit ich vor fünf Jahren Laura kennen gelernt habe und noch mehr an euch gerückt bin, seitdem ich vor gut zwei Jahren mit Nadine zusammen gekommen bin, was bei euch in der Familie vor sich geht. Seitdem Heike mit Nadine und Laura bei dir ausgezogen ist, bin ich viel zum Nachdenken gekommen. Dabei bin ich zu der Überzeugung gekommen, obwohl du sagst, das du mit dem Trinken aufhörst, das du nicht mit dem Trinken aufhörst." Wolfgang fragt: „Woher willst du wissen, dass ich nicht mit dem Trinken aufhöre?" Daniel zündet sich eine Zigarette an und antwortet darauf: „Ich weiß es nicht, woher soll ich wissen, was du machst? Ich bin aber überzeugt davon, dass du nicht damit aufhörst. Ich komme darauf, weil der Alkohol dein bester Freund ist und du deine Kinder und Frau seit mehreren Jahren durch den Alkohol schlägst. Du weißt, dass es durch den Alkohol kommt, trotzdem hast du nicht mit dem Trinken aufgehört. Warum solltest dann jetzt damit aufhören?" Wolfgang antwortet ein bisschen genervt: „Es kommt nicht durch den Alkohol, sondern durch meine Vergangenheit." Daniel fragt: „Warum durch deine Vergangenheit?" Wolfgang antwortet jetzt ein bisschen mehr genervter: „Musst du alles fragen, ich habe auf so einen Mist keine Lust, ich geh jetzt." Daniel antwortet ein bisschen ungeduldig: „ Nein du gehst jetzt nicht, du antwortest mir was das mit deiner Vergangenheit zu tun hat." „Damit du endlich Ruhe gibst, antworte ich dir darauf. Ich wurde in meiner Vergangenheit mehrmals von Jugendlichen geschlagen. Diese Schläge, die ich bekommen habe, muss ich, wenn ich betrunken bin und mich dadurch nicht mehr unter Kontrolle habe, an meine Frau und meine Kindern weitergeben." Daniel antwortet darauf: „Also doch der Alkohol." Wolfgang antwortet jetzt richtig genervt und sauer: „Ach lass mich doch einfach nur in Ruhe, ich geh jetzt." Daniel ruft hinterher: „Ich habe unsere Unterhaltung mitgeschnitten, für Heike als Beweis, das du nicht mit dem Trinken aufhören kannst." Wolfgang zeigt darauf einen Stinkefinger hinterher.

Nach diesem Gespräch gehen die drei nach Hause. Heike ist noch nicht von der Arbeit zurück. So hat Daniel noch Zeit, das mitgeschnittene Gespräch, am Computer zu überarbeiten. Als die Mutter nach Hause kommt lassen sie ihr noch ein paar Minuten Zeit, bevor Nadine zu ihr hin geht, um sie um ein Gespräch zu bitten. Nadine bittet ihre Mutter mit zum Computer zu kommen, um ihr was zu zeigen. Während Heike sich das Video anguckt, schüttelt sie immer wieder mit ihrem Kopf. Nach dem die Mutter das Video angeguckt hat, fragt sie ihre Kinder und Daniel: „Wie konntet ihr das unbemerkt filmen?" darauf antwortet Nadine: „Ich habe mich so vor Laura gestellt, das Papa nicht gesehen hat das ich ein Handy in der Hand hatte und das Gespräch aufgezeichnet habe." Die Mutter sagt zu diesem Gespräch: „Daniel, du hast ihn so unter Druck gesetzt, aber euer Ziel habt ihr nicht erreicht, noch eine Chance hast du nicht." Daniel antwortet: „Doch eine Chance habe ich noch um heraus zu finden, ob er weiter trinkt." An diesem Abend, ruft Daniel bei einem Freund von ihm an, der auch ein Bekannter von Wolfgang ist.

Daniel: „Hey Leon"
Leon: „Hey Daniel, was gibst?"
Daniel:„Ich habe dir vor ein paar Wochen die Geschichte zwischen Wolfgang, Heike, Nadine und Laura erzählt. Heike, Nadine und Laura wohnen seit ein paar Wochen bei mir. Heike hat sich auf Zeit erstmal von Wolfgang getrennt, weil sie die Schläge nicht mehr von ihm ertragen konnte. Er will jetzt aufhören zu trinken. Das ist auch die Bedingung von Heike, wenn er aufgehört hat, dass sie mit den Kindern wahrscheinlich wieder zurück kommt. Ich glaube aber nicht, dass er aufhört. Kannst du dich bitte mit ihm treffen und heraus bekommen, was dahinter steckt? Ich hatte mich deswegen schon mit ihm getroffen, aber meine Chance verbaut, um es heraus zu bekommen."
Leon: „Natürlich, mach ich"
Daniel:„Denk dran, dass er denkt, dass wir uns nicht kennen"
Leon: „Lass mich nur machen"

Nach diesem Telefongespräch berichtet Daniel Nadine und Laura davon. Die beiden sind beruhigt, das es noch eine Lösung gibt, die vielleicht die Wahrheit ans Tageslicht bringt. Aber gleichzeitig haben sie auch ein schlechtes Gefühl, das es Daniel weitergesagt hat und irgendein Mensch, den sie nicht kennen, mit einer Sache beauftragt haben, womit die beiden was mit zu tun haben.

Drei Tage später, ruft Leon bei Daniel an.

Leon: „Hey Daniel"

Daniel: „Hey Leon"

Leon: „Ich habe mich gestern mit Wolfgang getroffen"

Daniel:„Und was ist dabei heraus gekommen?"

Leon: „Wolfgang hat mir alles erzählt, auch das deine Vermutung richtig ist"

Daniel:„Hast du das aufs Band aufgenommen?"

Leon: „Ja habe ich"

Daniel:„Wann wollen wir uns treffen?"

Leon: „Morgen, bring bitte deine Freundin mit, die würde ich gerne kennenlernen"

Daniel:„Morgen um Vier, an der Hindenburgstraße, an der Ecke bei dem Cafe, meine Freundin und ihre Schwester kommen mit."

Den nächsten Tag wird keiner von den Vieren je vergessen. Es fängt an mit:

Daniel, Laura und Nadine, sind auf dem Weg in die Stadt. Heike kommt von der Arbeit nach Hause und steht gerade vorm Haus, als sie Wolfgang vorm Haus sieht. Heike fragt Wolfgang ganz verdutzt: „Was willst du denn hier?" Wolfgang antwortet mit einen breiten Grinsen auf seinem Gesicht: „Ich will dich abholen." Heike antwortet ganz nervös: „Ich komme ganz bestimmt nicht mit, noch nicht jetzt." Wolfgang antwortet darauf und Heike merkt dabei auch, dass sie ihm unterlegen ist: „Wenn ich dir sage, das du mit kommst, dann kommst du mit" Heike sagt zu Wolfgang: „Und wenn ich dir sage, das ich nicht mit komme, komme ich nicht mit. Du kannst mir keine Angst machen!" Wolfgang hat die Faxen dicke und zerrt Heike ins Auto. Heike hatte keine Chance gegen Wolfgang.

„Vielleicht haben wir Glück, dass Wolfgang und eure Mutter noch da sind", sagt Daniel. Zehn Minuten später sind sie an deren Elternhaus. Aber ihre Eltern sind schon weg. Nadine geht kurz zu ihren Großeltern, die nebenan wohnen. Sie fragt, ob ihr Vater ihnen erzählt hat, wo er mit ihrer Mutter hingefahren ist. Nadines Oma sagt zu ihr. „Opa ist gerade mit deiner Mutter und deinem Vater nach Hannover zum Flughafen gefahren. Dein Vater will zwei schöne Wochen mit deiner Mutter in Barcelona verbringen." Nadine bedankt sich bei ihrer Oma.

Die beiden Schwestern und Daniel machen sich sofort auf den Weg zum Flughafen. Nach einer Stunde kommen die drei in Hannover am Flughafen an. Sofort informieren sie sich wann und wo der nächste Flug nach Barcelona geht und ob eine Familie Reinardt auf der Passagierliste steht.

Normalerweise darf so eine Information nicht herausgegeben werden. Aber es wird eine Ausnahme gemacht. Die Eltern von Nadine und Laura stehen auf der Liste. Der Flug ist X3 von Terminal C um 21.05 Uhr. Daniel meint zu den beiden Schwestern: „Um 21.05 Uhr, da haben wir noch dreißig Minuten Zeit bis Mama und Papa in das Flugzeug steigen können. Das schaffen wir auch wenn es ganz am anderen Ende des Flughafens ist, als wir sind." Sie laufen einmal über den ganzen Flughafen.

Wo sie gerade am Flugzeug sind, steigen ihre Eltern ein. Sie versuchen ihre Eltern aufzuhalten, mit Rufen. Aber sie hören nichts. Daniel versucht vor die Absperrung zu kommen. Es gelingt ihm auch. Danach versucht Nadines Freund in das Flugzeug zu kommen. Das gelingt ihm erst nicht. Nachdem er die Geschichte der Arbeiterin gesagt hat, lässt man ihn mit fast zwei zugedrückten Augen hinein. Im Flugzeug sucht Daniel Wolfgang und Heike. Als er sie findet, geht er zu ihnen hin. Er zeigt Heike das sie aufstehen soll und flüstert in ihr Ohr: „Wenn du nicht mit Wolfgang nach Barcelona fliegen willst, dann steig aus. Fahrt mit meinem Auto nach Hause und überlegt euch wo ihr unterkommen wollt. Wie dich Wolfgang nicht mehr findet. Ich bleibe mit Nadine in Kontakt." Darauf geht die Mutter aus dem Flugzeug. Wolfgang will der Mutter hinterher gehen, aber Daniel hält ihn fest. Kurz danach startet das Flugzeug.

Wolfgang redet den ganzen Flug über kein Wort. Und Daniel ist richtig stolz, dass er alles zum Guten gedreht hat.

Bei Heike, Nadine und Laura läuft auch alles super. Als die Mutter das Flugzeug verlassen hat, hat sie dem Bordpersonal Bescheid gesagt, dass Daniel nach Barcelona fliegt. Danach ist sie zu ihren beiden Töchtern gegangen. Von ihnen wurde sie sehr lieb empfangen. Die Drei sind zu der Wohnung ihres Vaters gefahren. Da haben die Mutter und ihre beiden Töchter ihre Sachen gepackt, haben sich bei den Großeltern verabschiedet und sind nach Hannover zurück gefahren. Um dort erst einmal für die nächste Zeit bei Freunden von Daniel zu wohnen.

Daniel hat aus Barcelona aus seinen Freunden Bescheid gesagt, dass Heike, Nadine und Laura, bei ihnen erstmal unterkommen müssen. Warum, wird er ihnen erzählen, wenn er wieder in Deutschland ist. Davor hat sich Daniel in den ganzen Menschenmassen vor Wolfgang verkrümelt. Nach dem Telefonat hat er sich darum gekümmert, dass er mit dem nächsten Flieger wieder nach Deutschland fliegt. Als Daniel in den Flieger steigt, passt er extra auf, dass Wolfgang nicht sieht, dass er in das Flugzeug steigt. Oder sogar auch damit zurückfliegt.

Fünf Stunden später ist er wieder bei Heike, Nadine, Laura und seinen Freunden.

Erkenntnis

von Jan Noldin

„…Und vergiss nicht, den Müll runter zu bringen!", rief mir Fabian noch zu, bevor er die Haustür zu fliegen ließ.

Fabian war eines der Mitglieder der Wohngemeinschaft, in welcher ich lebte. Zusammen waren wir insgesamt fünf Personen, welche sich zwar nicht immer sympathisch fanden, aber im Großen und Ganzen gut miteinander zurechtkamen. Heute hatte ich sozusagen sturmfreie Bude. Michelle, die eigentliche Besitzerin der Wohnung, besuchte ihre Eltern, die in einer anderen Stadt lebten. Mark, ein guter Kumpel von mir, war nur noch selten zu Hause, seit er eine neue Freundin hatte. Nicole, meine Schwester, musste aus beruflichen Gründen eine Fortbildung machen und war für eine Woche verreist.

Und Fabian… na ja, der war sowieso kaum daheim. Er verschwand für Stunden und war irgendwann wieder da. Trotzdem schaffte er es, den Haushalt fast ganz alleine zu regeln, bis auf wenige Ausnahmen.

Die Zeit, in der ich die Wohnung für mich allein hatte, wollte ich für einige Meditationsübungen nutzen die ich mir überlegt hatte. Denn dabei kann ich niemanden gebrauchen, der plötzlich die Tür aufreißt, um mir zu sagen, dass ich mit irgendwelchen Diensten dran war.

Zähneknirschend suchte ich also die Mülleimer ab, zog die Beutel heraus und band sie zusammen. Kaum hatte ich die Müllsacke raus getragen und in den Container gestopft, da sprach mich gleich unsere ältere Nachbarin an.

„Ganz Ruhig, nicht aufregen, sie ist immer nett und freundlich… nicht schreien…", wiederholte ich in Gedanken immer wieder und versuchte mich auch daran zu halten.

„Hätten Sie vielleicht ein Tässchen Zucker übrig? Meine Schwester hat mir Kirschen vorbei gebracht und da wollte ich eine Kirschkuchen backen, leider habe ich keine Zucker mehr, weshalb ich gerade los wollte, um noch mal ein Pfund zu kaufen, aber da ich Sie hier gerade antreffe, dachte ich mir, ob Sie mir nicht vielleicht eine Tasse…"

„Na klar, kein Problem, kommen Sie mit hoch."

Wir gingen in meine leerstehende WG-Wohnung und ich überreichte ihr die versprochene Tasse Zucker. Sie nahm sich noch steif und fest vor, mir ein Stück vorbei zu bringen, sobald der Kuchen fertig wäre, was mir allerdings ziemlich egal war.

Ich ging sichtlich erleichtert, dass ich endlich meine Ruhe hatte, in mein Zimmer, öffnete mein einziges Fenster einen Spalt breit und legte mich auf mein Bett. Augen zu.

Gedanken auf ein Ziel fokussieren.

„Hmm…, Spaß? Spannung? Schwachsinn…

Neue Erfahrungen… das wäre 'ne nette Idee. Ein paar neue Gedankenspielchen…"

Entspannen…

Ich fühlte gedanklich meinen Körper nach, entspannte ihn Stück für Stück, für Stück und schaltete jedes dieser Stücke ab. Ein leichtes Schwindelgefühl breitete sich in mir aus.

Schwerelosigkeit…

Es fühlte sich an, als ob ich schweben würde. Eventuell vergleichbar mit einem Vollrausch, nur angenehmer.

„EIN STERN, DER DEINEN NAMEN TRÄGT…"

Die Schwerelosigkeit hörte auf und ich fiel imaginär zurück auf mein Bett. Aus irgendeinem Grund waren unsere Nachbarn der Meinung, dass man um 16 Uhr an einem Samstag, die Musik so laut aufdrehen konnte, wie es einem gefiel. Meine Meinung dazu sah definitiv anders aus.

Sauer öffnete ich meine Augen und rollte mich, etwas konfus, aus meinem Bett. Mit beiden Füßen auf dem Boden merkte ich, dass meine Meditation gut vorangekommen war, da ich leicht taumelte. Den Schwindel konnte man vielleicht folgendermaßen beschreiben:

Der Geist ist nicht mehr genau bündig mit dem Körper, es fehlt die Synchronität. "

Wie dem auch sei, ich wankte aus meinem Zimmer heraus, ging in das von einem Mitbewohner und stibitzte kurzerhand ein paar Ohrstöpsel aus seinem Vorrat. Es wurde Zeit, dass ich mir selber mal einen anlegte. Zurück ins Zimmer, ab aufs Bett und Augen zu. Mir war inzwischen zwar die Lust vergangen, doch die würde noch kommen...

Ich versuchte mich diesmal ein wenig anders zu entspannen, oder viel eher zu beruhigen, und richtete meine Aufmerksamkeit spontan auf meinen Atem. Was mich etwas ablenkte, war das leise Pfeifen in den Ohren, welches man immer dann hörte, wenn man gar nichts hört. Mein Körper entspannte sich allmählich ganz von selbst und das schwebende Gefühl kam wieder. Die Dunkelheit, verursacht durch meine geschlossenen Augenlider, wich einem weißlichen bis violetten Dunst.

Das Gefühl der Schwerelosigkeit intensivierte sich und mit einem leichten Ruck verließ ich meinem Körper.

Mein astraler Körper wurde von mir unbekannten Kräften herumgewirbelt, bis ich endlich wieder den Dreh mir dem Fliegen heraus hatte. Ich visualisierte wieder mein Ziel: Wissen, lernen, geistige Entwicklung; und fand mich auf einer weiten Ebene wieder. Der violett-weiße Dunst war immer noch allpräsent, doch er behinderte meine Sicht nicht. Vor mir erkannte ich ein diffuses Glühen von hellbläulicher Farbe. Als ich näher hin ging, erkannte ich, dass das Glühen von einer Gestalt ausging, welche ein paar Zentimeter über dem Boden schwebte.

„Du hast mich gesucht?", fragte die Gestalt mit einer hohen, weiblichen Stimme.

„Ich habe etwas gesucht, ob du mir dabei helfen kannst weiß ich nicht." Sie schwebte etwas auf mich zu und ich konnte sie näher erkennen. Zwei große, kreisrunde Augen in einem ovalen minimalisierten Kopf. Kein Mund, keine Nase, keine Ohren. Ihre blonden Haare waren zu einem Pferdeschwanz zusammengefasst, der in eine silberne Schnur überging, welche mit ihrem weltlichen Körper verbunden war.

„Es kommt drauf an, was du suchst."

Das klang jetzt doch ein wenig nach schlechter Anmache.

„Ich suche aber nichts Sexuelles."

„In der astralen Welt auch sehr schwer."

Da musste ich ihr Recht geben.

„Du willst dich weiterentwickeln, oder?"

Auch da musste ich ihr Recht geben.

„Dann bist du bei mir genau richtig!"

DINGDONG!!!

„VERDAMMT!" Wieder wurde ich aus meiner Trance gerissen, diesmal durch die Türklingel. Wutschnaubend, und über meine eigenen Füße stolpernd, wankte ich zur Tür, riss sie auf und erblickte meine Nachbarin mit einem Kirschkuchen in den Händen.

War schon wieder so viel Zeit vergangen?

Sie sagte irgendetwas, doch ich verstand kein Wort.

Ich popelte die Stöpsel aus meinen Ohren und nahm dankbar den Kuchen an.

KOMM HOL DAS LASSO RAUS!!!
WIR SPIELEN COWBOY UND INDIANER!!!

…hallte es wieder durch das Haus.

„Hören sie etwa auch so einen Krach?", fragte mich meine Nachbarin und ich musste schmunzeln.

„Ich höre eine andere Art von Krach, aber dafür benutze ich Kopfhörer." Sie wünschte mir noch einen guten Appetit und verabschiedete sich wieder. Den Kuchen stellte ich in den Kühlschrank, stopfte mir wieder die Ohrstöpsel rein und weiter ging es.

Diesmal ging es erstaunlich schnell, bis ich den richtigen Zustand erreicht hatte, um meinen Körper zu verlassen. Lag wohl an dem deutlichen Ziel, eine Person und keine Tätigkeit…

„Ist etwas passiert?", fragte mich die unbekannte Frau.

„Nein, nein, nur eine nette Nachbarin, die mir Kuchen vorbei gebracht hat."

Es folgte eine beklemmend lange Pause…

„Also, was genau hast du gesucht?", fragte sie schließlich und brach damit das unangenehme Eis des Schweigens.

„Öhm,…", begann ich und konnte ihr eigentlich keine klare Antwort geben.

„Na ja, ich möchte mich irgendwie weiter entwickeln, möchte mehr wissen. Vor zwei Jahren habe ich durch Zufall herausgefunden, wie man in die astrale Welt reisen kann, doch bisher habe ich hier nicht viel über diese „Welt" erfahren können."

Sie überlegte kurz und fragte: „Was genau weißt du denn?"

„Nicht viel…", antwortete ich prompt.

„Nur, dass man sich hier nur etwas vorstellen muss und es wird real. Und ich habe gelesen, dass hier auch die Seelen Verstorbener hin gehen." Ein Mund formte sich in dem simplen Gesicht meines Gegenübers und lächelte. „Das ist wahrlich nicht viel." Der Mund verschwand wieder.

„Hier ist eigentlich so gut, wie alles möglich. Teleportation, Zeitreisen, kennen lernen des eigenen Verstandes… Vielleicht sollte ich dir erst einmal einen kleinen Kurs in astraler Physik geben."

„Physik?", fragte ich überrascht.

„Aber ja, auch hier gibt es Naturgesetze."

Darüber musste ich nachdenken. Dass es hier so etwas geben würde, hätte ich nicht gedacht.

„Wenn du hier her reist, ob durch den Tod oder eine Meditation, landest du immer dort, wo du hin möchtest. Das ganze kann man auf die Erwartungen erweitern. Je nach Religion finden sich religiöse Menschen also im Himmel, in der Hölle, in Wallhalla oder im Schlaraffenland wieder."

Sie stieß ein leises Kichern aus und fuhr fort: „Manchmal offenbart sich eine Erwartung aber auch in einem lila Nebel."

War ich damit gemeint?

Ich probierte es aus und stellte mir eine völlig klare und scharfe Sicht vor, mit dem Ergebnis, dass es auch wirklich geschah. Der Nebel war verschwunden.

„Interessant…", murmelte ich.

„Und was passiert, wenn ich an einen Ort denke?"

Sie schlug mir vor, es auszuprobieren. Und das tat ich auch.

Ich wollte wissen, mit wem ich es zu tun hatte, also konzentrierte ich mich auf ihren weltlichen Körper. Erst dachte ich, es hätte nicht funktioniert, da ich nichts gespürt hatte, doch dann sah ich, dass ich ganz woanders war. Ich befand mich in einem kleinen Zimmer, welches nur karg eingerichtet war: so etwas wie ein Beistelltischchen auf dem eine Art Glaskasten stand und ein Stuhl, auf welchem eine Krankenschwester saß und ihre Augen geschlossen hatte. Hinter ihr befand sich ein Fenster, durch welches grelles Sonnenlicht fiel. Die Krankenschwester trug selbstverständlich eine Schwesterntracht, hatte blond gefärbtes Haar, wobei die Originalhaarfarbe bereits um mehrere Zentimeter nachgewachsen war. Sie hatte ein hübsches Gesicht: schmal, jung, ungeschminkt. Sehr sympathisch.

Mein Blick schweifte auf den Beistelltisch. Auf diesem stand eine Art gläserne Schatulle, ein Art Kiste aus Glas. Das Glas war ein wenig staubig, was diesem einen milchigen Schimmer verlieh. In dem durchsichtigen Kasten befand sich etwas, was ich nur schwer beschreiben konnte. Und auch jetzt kann ich keine geeigneten Worte finden. Es war eine Art Puppe, eine äußerst abstrakte. Sie hatte die ungefähre Form eines Babys, mit weißer, rissiger Haut. Die Risse waren rot gefärbt, etwas heller als Blut und an manchen Stellen fingerdick. Die gleiche Farbe hatte der Künstler für die unnatürlich dicken Lippen gewählt und die Punkte, welche die Augen darstellen sollten.

Das ganze Ding flößte mir Angst und Unbehagen ein, obwohl ich nicht genau sagen konnte, warum.

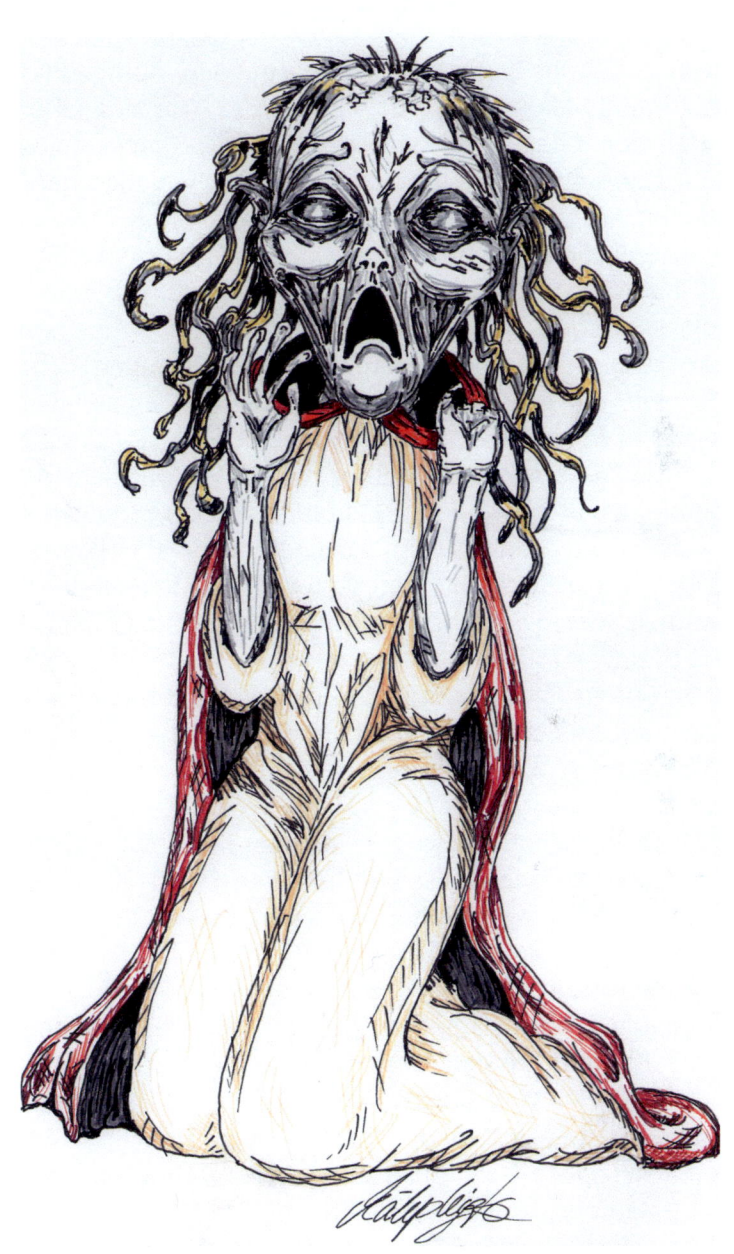

Dann bewegte sich die Puppe.

Mein astraler Körper gefror zu einer einzigen Säule aus purer Angst und Panik. Das war keine Puppe, das war ein lebendiges Wesen und der Glaskasten war kein Glaskasten sondern ein Brutkasten! Ein Schrei tönte durch das Zimmer, welches auf einmal verschwunden war. Der Schrei wurde noch intensiver, erfüllte meinen ganzen Körper, meinen lebenden, atmenden, eiskalten und verkrampften Körper, der nun aufrecht im Bett saß und selber diesen Schrei ausstieß.

Mein Herz raste, meine Kehle brannte und meine Augen weinten.

Was hatte ich da gesehen? Was war dieses Etwas, das kein Geschöpf der Erde sein konnte? Ich wusste es nicht.

Das Bild dieses grauenvoll entstellten Wesens, wollte aus meinem Kopf nicht mehr verschwinden. Ekel und Abscheu breiteten sich in meinem Körper aus und brachen in einem Schwall bitterer Galle aus meinem Mund hervor und verteilten sich auf dem Boden.

Ich fühlte mich scheiße. Nicht körperlich, aber seelisch.

Ich musste zurück. Definitiv!

Nachdem ich mein Erbrochenes weggewischt und mit viel Wasser den Geschmack aus meinem Mund gewaschen hatte, konnte ich mich wieder auf den Weg machen.

Als ich mich hingelegt hatte und anfing mich zu entspannen, merkte ich, dass ich doch schon ziemlich müde war.

Die Meditation hielt ich nicht lange durch und so schlief ich ein.

Meine Träume waren alles andere als angenehm.

Ich hatte ständig dieses Bild vor Augen, von diesem Kind, und meine Fantasie erledigte den Rest: In einer zerstörten Stadt liefen Menschen panisch vor einem Soldaten weg, der wie eine erwachsene Version des Babys aussah: die Haut aus weißem Plastik, dass bei jeder Bewegung aufriss, der Mund ein grellroter Beißring aus Gummi, die Augen brennende Punkte und in beiden Händen ein Maschinengewehr, mit dem Aussehen eines toten Tieres, mit welchen er die fliehenden Menschen erschoss.

„Der Gedanke ist fast richtig...", sagte eine bekannte Stimme hinter mir. Ich drehte mich herum und sah die astrale Gestalt der Krankenschwester. Aus ihrem Körper wuchs ein kleiner Arm und winkte mir zu.

„Hallo!", sagte sie, als ob sie das Geschehen um sie herum nicht berührte, ja noch nicht einmal wirklich geschah, was ich in dem Moment nicht nachvollziehen konnte.

„Tu Doch was!", schrie ich sie an und deutete auf die sterbenden Menschen, welche durch ihr „Geschöpf" starben.

„Das ist dein Traum, da kann ich nichts tun."

Traum? Träumte ich nur?

„Das ist ein Traum?" Sie nickte.

„Aber du bist doch auch hier...", begann ich und bemerkte meinen Denkfehler. Wenn das alles real wäre, könnte ich ihre astrale Gestalt gar nicht sehen. Oder doch?

Ich wagte den Versuch alles um mich herum verschwinden zu lassen und es passierte. Leere blieb zurück. Ich war mehr als erleichtert!

Niemand war gestorben, keiner musste fliehen oder leiden...

Aber was war mit dem Baby? Es war real gewesen. Ich hatte es gesehen. Ich sah wieder zu dem Bewusstsein der Krankenschwester und stellte endlich die Frage:

„Wer bist du?"

Erneut formte sich ein Arm aus der Masse ihres Körpers und legte sich auf meine Schulter.

„Ich zeige es dir."

Und sie zeigte es mir...

Neue Erinnerungen tauchten in meinem Bewusstsein auf, was mich anfangs verwirrte. Gleichzeitig kam aber auch die Erklärung, was genau gerade passierte. Sie schickte mir Erinnerungen. Das war's. Völlig normal in einer Umwelt, die nur aus Bewusstsein besteht. Viel wichtiger aber war, wer diese Frau war und wo sie lebte.

Ihr Name war Jolina und sie kam ursprünglich aus Holland. Ihre Eltern hatten ihr beigebracht, was sie über das Astralreisen wusste, was nicht grad wenig war. Schon als Kind hatte sie gewusst, dass sie Krankenschwester werden wollte. So konnte sie ihrer Meinung nach den Menschen am besten helfen.

1990 hatte sich ihr Wunsch erfüllt und sie wurde in einem Krankenhaus eingestellt.

2005 meldete sie sich freiwillig zur Entwicklungshilfe in Basra, Pakistan. Was sie dort sah, war die Hölle auf Erden. Eine Flut von Bildern strömte in mein Hirn, brannte sich in meinen Geist ein. Menschen mit Verbrennungen ohne Feuer, Blasen, so groß wie Tennisbälle, erbrochenes Blut, Wucherungen, Metastasen, Tumore, Krebs! Überall!

Es gab nur eine Krankheit und es gab nur eine Ursache und das war Strahlung!

Die Kinder…

Die Kinder waren am schlimmsten betroffen.

Sie starben immer. Kein Tag ohne tote Kinder.

Keine Geburt ohne Missbildung.

Kinder ohne Augen, Kinder ohne Gehirn, Kinder ohne Lungen, Kinder ohne Nieren, Kinder ohne Herz, Kinder mit einem Hautsack auf dem Rücken, in welchen sich sämtliche Organe befanden, Kinder mit Fischaugen, Kinder mit einer Fleischmasse als Kopf, Kinder mit Blasen anstelle von Händen und Füßen, Kinder ohne Arme, aber mit Händen, Kinder ohne Haut…

Und ich hatte es gesehen…

Als der Strom der Erinnerungen aufhörte, sagte ich nichts. Ich dachte nichts Ich machte nichts. Dann tat ich was.

Ich sprang aus meinem Traum, aus meinem Bett, aus meinem Fenster!

Ich rannte durch die noch junge und kalte Nacht und schrie meine Wut und meinen Hass hinaus in die Straßen. Ich schrie alles heraus, was ich gesehen hatte, verfluchte alles, was dazu führen konnte.

ICH SCHRIE MIR ALLES VON DER SEELE!!!

Es dauerte nicht lange, bis neben mir ein blau-graues Auto hielt und zwei Polizisten mich festnahmen.

Ich musste in ein Röhrchen pusten und die Beamten waren teils überrascht, teils besorgt, als feststand, dass ich keinen Alkohol zu mir genommen hatte. Auf dem Revier wurde mir gesagt, dass ich einen Bluttest machen müsste und der dafür notwendige Arzt würde bald eintreffen.
„Er wird sich dann auch gleich um ihre Verletzungen kümmern."
Erst da bemerkte ich den stellenweisen Schmerz in meinem Gesicht, ausgelöst durch die Glassplitter meines Fensters, durch das ich gesprungen war. Ich setzte mich zitternd auf eine Bank in dem Präsidium, verbarg mein Gesicht in meinen Händen und versuchte die Erinnerungen Jolinas zu verarbeiten.
Ich konnte nicht verstehen, wie das möglich war, diese Kinder, die hilflosesten Geschöpfe überhaupt…
Und wieso gab es dort Strahlung? Es wurden doch keine Atombomben auf Pakistan abgeworfen, trotzdem starben die Menschen!
Wie nur…? Ich wusste nicht, ob es dort Atomkraftwerke gab, doch selbst wenn, konnten die doch nicht so unsicher sein!
Und eine Katastrophe wie in Tschernobyl wäre doch durch sämtliche Medien gegangen! Oder nicht?
Ich hatte bisher auch nichts von den Zuständen in dieser Ecke der Welt erfahren…
Mein Zittern steigerte sich und ich begann zu schluchzen, zu weinen, zu heulen und steigerte mich in mein Gefühl der absoluten Unwissenheit und Hilflosigkeit hinein, bis ich eine Hand auf meiner Schulter spürte.
Eine raue Stimme redete beruhigend auf mich ein und ich schaute hoch. Ich erblickte das Gesicht eines älteren Mannes und völlig überrascht starrte ich ihn an.
„Wer sind sie?"
„Meier." Antwortete er knapp und fragte, was passiert sei.

Ich sammelte mich so weit es ging und begann zu erzählen, von den Kindern, dem Krebs, der Strahlung, dem Tod...
Woher ich das wusste verschwieg ich.
„Gottverdammte Urangeschosse..." murmelte er als Reaktion.
Ich hatte davon schon einmal gehört, konnte mit dem Begriff aber nicht viel anfangen.
Ich wollte gerade nachfragen, als eine Stimme rief:
„MEIER!"
...und mein Gesprächspartner eilte hinfort.
Irgendwann tauchte schließlich der Arzt auf, nahm etwas Blut ab und behandelte mein Gesicht.
Ich bat ihn noch um ein Schlafmittel, für einen traumlosen Schlaf, welches er mir aushändigte mit dem Satz:
„Versuch es nicht mal. Es sind nicht genügend Pillen um sich selber umzubringen." Den Rest der Nacht verbrachte ich hinter Gittern, was ich zwar unangenehm fand, allerdings gut nachvollziehen konnte.

Am nächsten Morgen machte ich mich wieder auf den Weg nach Hause, in die WG. Ich schloss die Tür auf und ging in die Küche, wo ich Fabian antraf. Er machte gerade Rührei und schaute mich entsetzt an. „Ach du scheisse, wie siehst du denn aus?" fragte er, während ihm der Pfannenwender aus den Händen glitt.
„Bitte frag nicht..." reagierte ich und ließ mich auf einen der Küchenstühle fallen.
„Ich möchte nicht darüber reden, also bitte frag nicht..." fügte ich noch hinzu, um wirklich sicher zu gehen. Ich wollte das, was ich gesehen hatte, einfach nur vergessen, ich kam mit den Informationen nicht klar. Sie quälten mich und ich war...
Apathisch aß ich die Rührreier, die Fabian mir hingestellt hatte, und knabberte an einem gebutterten Toast herum.

Die nächsten Tage wollte ich Abstand zu allem gewinnen.
Ich spielte Computer, ich ging in Diskotheken, ich besoff mich...
Nichts half.

Während eines Spazierganges in einem nahe gelegenen Wald wurde mir eines klar: Jolina hatte meine Qualen verursacht und sie konnte mir auch dabei helfen mit ihnen umzugehen. Sie kannte sich aus und wüsste bestimmt einen Rat.

Wieder daheim legte ich mich in mein Bett und begann mit meiner Meditation. Ich schaffte es nicht. Nicht am Anfang.
Erst beim fünften Versuch gelang es mir, einen halbwegs entspannten Zustand zu erreichen und kurz darauf stand sie vor mir: Jolina.
„Du hast geblockt." waren ihre Worte.
„Ja. Ich wollte dich nicht sehen."
„Warum?"
Und dann erzählte ich ihr mein Problem…
Als ich geendet hatte, nickte sie kurz und meinte:
„Du solltest erst wissen, was dich wirklich quält: Wissen oder Nichtwissen."
Ich verstand nicht.
„Quälst du dich, weil du nicht weißt, *wie* es dazu kam, oder weil du weißt, *dass* es dazu kam?" Darauf wusste ich keine Antwort.
„Ich glaube ein bisschen von Beidem…"
Jolina ergriff mich mit einer imaginären Hand und führte mich an einen Ort, den ich nur als Wüste beschreiben konnte.
Es war Nacht. Vor mir sah ich einen alten, verrosteten Panzer.
„Was willst du mir zeigen?" fragte ich. „Wie es dazu kam."
Die Umgebung begann sich zu wandeln, wurde etwas heller. Der ganze Ort wurde in ein diffuses Licht getaucht und als ich etwas genauer hinschaute, erkannte ich, wie der Panzer sich *verjüngte*. Die Rostflecke verschwanden allmählich und auch die kärgliche Vegetation, welche nur aus einem verdorrten Busch bestand, wurde etwas grüner und sah viel gesünder aus. Dann machte der Panzer einen kleinen Satz nach hinten, nur um langsam wieder vorwärts zu fahren.
Verwirrt schaute ich zu dem körperlosen Leib meiner Begleiterin.
„Zeit ist auch nur eine Strecke, die man bereisen kann."

Ich schaute wieder zu der Szenerie, die sich vor mir auftat.

„Dort oben…"

Jolina zeigte in den Himmel, auf einen schwarzen Hubschrauber. Das grelle Sonnenlicht blendete mich und ich konnte keine Details erkennen, nur einen verschwommenen, summenden Fleck am Himmel.

Ich begab mich in das Innere des Fluggerätes und sah einen Soldaten, wie er mit einem Steuerknüppel hantierte. Vor ihm leuchtete ein Display, welches den Panzer zeigte, darüber ein Fadenkreuz.

Der Soldat drückte einen Knopf auf dem Steuerknüppel und etwas flog auf den Panzer zu, durchschlug die Stahlhülle und…

Nichts.

Die Zeit schien Still zu stehen. Dann geschah etwas.

Kleine Flammen leckten aus kleinen Öffnungen des Panzers heraus, wurden größer, heißer…

Etwas explodierte in dem stählernen Fahrzeug und sprengte kleine Stücke aus diesem heraus.

„Die Munition…" flüsterte es in meinem Kopf.

Ich drehte mich herum, sah in das Innere des Hubschraubers und spürte mit nichtkörperlichen Sinnen gleich, dass sich etwas Schlechtes dort befand.

Jolina half mir, in dem sie mir wieder Bilder schickte, stückhafte Erinnerungen von verschiedenen Personen. Von Personen, welche Geld für Atommüll ausgaben, Atommüll, welcher von Ort zu Ort transportiert wird, weil keiner ihn haben will.

Erinnerungen von Personen, welche aus dem Atommüll kleine Geschosse anfertigen ließen…

„Warum…" flüsterte ich.

Zorn stieg in meinem körperlosen Geist auf, strömte durch das gesamte Cockpit.

Ich wand mich dem Soldaten zu, wollte ihn packen und schrie nun:

„WARUM?!"

Ich weiß nicht, ob es Zufall war, oder ob er mich wirklich gespürt hatte, aber er drehte sich herum.

Und er lächelte.

Doch das war nicht das schlimmste.

Das schlimmste war sein Helm.

Auf seinem Helm standen vier Buchstaben, welche ich zuerst nicht verstand, ja nicht verstehen wollte.

Es war nicht möglich, dass diese vier Buchstaben auf seinem Helm standen, es musste eine Lüge sein.

ES GING NICHT!

Die vier Buchstaben waren:

OTAN

„LÜGNER!" schrie ich ihn an, wollte ihn mit aller Kraft ins Gesicht schlagen, doch meine Faust ging einfach durch ihn hindurch.

Ich wollte wissen, was dieser Mensch in meiner Zeit macht, wie er lebt, wer er ist und ich spürte, wie mein Wunsch Wirklichkeit wurde, wie ich vorwärts durch die Zeit reiste.

Doch dann stoppte meine Reise.

Ich war noch nicht in meiner Zeit, trotzdem hatte ich angehalten.

Ich befand mich in einer sauberen, weiß gehaltenen und karg eingerichteten Wohnung.

Auf einem Sessel saß der Soldat, reinigte die Einzelteile einer Pistole.

Er war stark abgemagert und sein Kopf war Kahl rasiert.

Nein, nicht rasiert…

Ihm fehlten auch die Augenbrauen.

Hatte er… Krebs?

War er doch nur ein weiteres Opfer?

War sein Helm… echt?

Ich vernahm ein leises Glucksen hinter mir.

Auf dem Boden, vor dem Sessel, saß, leicht gekrümmt, ein Kind.

Der Anblick des Kindes schockierte mich mehr als andere, machte mir klar, dass der Soldat wirklich ein Opfer war, wie alle anderen Menschen auch.

Nur Opfer…
Der Kopf des Kindes war aufgequollen wie ein unförmiger Hefeteig, Die Fingerstummel um einen Duplostein gekrümmt.
Klick.
Ich sah wieder zu dem Soldaten.
Die Pistole war zusammengesetzt und er hielt sich das schwarze Metallgebilde an seinen Kopf.
OTAN!
Das wollte ich nicht sehen.
OTAN!
Mein Geist schoss wie ein Gummiband zurück in meinen Körper.
OTAN!
Ein Wort auf den Lippen.
„OTAN!"
Eingebrannt in meinen Verstand.
„OTAN!"
Der Weg in die Küche.
„OTAN!"
Schublade.
„OTAN!"
Messer.
„OTAN!"
Pulsader…
Ein Klirren, ausgelöst durch das Messer, welches zu Boden fiel, brachte wieder zurück in die Realität.
Was wollte ich gerade tun?
War ich so fertig?
Wollte ich mich wirklich umbringen?
„OTAN!"

Vor zwei Tagen habe ich bei einer psychiatrischen Anstalt angerufen und mich einweisen lassen.
Ich hatte Angst, mir etwas anzutun.

Als ich den ersten Abend in dem Klinikbett lag, formte sich eine Idee in meinem Kopf und diese Idee werde ich, nachdem ich diese Zeilen beendet habe, durchführen.

Ich werde jeden, der dafür verantwortlich ist, dass Kinder verstümmelt auf die Welt kommen; dass Menschen an Krebs verrecken; dass ganze Länder unbewohnbar sind, aufsuchen und in seinen Träumen heimsuchen.

Ich werde ihnen das Leid der Welt zeigen, und dafür sorgen, dass sie keine ruhige Nacht mehr haben!

Ich werde ihnen das Leben zur Hölle machen, so wie sie anderen Menschen das Leben zur Hölle machen!

Wie ich das anstellen werde?

Ich werde mich in mein Bett legen, werde meinen Körper Stück für Stück für Stück entspannen und jedes dieser Stücke abschalten…

Nachwort zur Geschichte:

Die Geschichte zu schreiben hat mich persönlich sehr belastet, trotzdem war es eine überaus interessante Erfahrung, etwas mit einem ernsten Thema zu schreiben. Meine Frau hat mich wunderbar unterstützt, sie schrieb für mich den kleinen „Über den Autor Text" und suchte mit mir über vier Stunden lang nach einem passenden Ende, wobei ich finde, dass ich zum Ende hin ein wenig zu hektisch schrieb. Das lag allerdings auch daran, dass ich nicht weiter schreiben konnte. Das Thema der Geschichte hat mich von Tag zu Tag immer weiter herunter gezogen und ich wollte es nur noch enden lassen. Trotzdem würde ich auf diese Erfahrung nie verzichten wollen.

Die anderen Autoren des Buches haben ebenfalls sehr weiter geholfen mit ihrer Kritik und ihren Vorschlägen. Ich blicke positiv neuen, zukünftigen Projekten entgegen.

Die eigentlichen Hintergründe:
Die Geschichte ist von mir frei erfunden.
Sie ist nie geschehen und Ähnlichkeiten mit lebenden oder
verstorbenen Personen ist reiner Zufall.
Doch eines ist nicht gelogen:
Uranmunition
Missgebildete Kinder
Massensterben
Im nahen Osten findet ein Genozid statt und so etwas braucht die
Welt nicht schon wieder.
Uranmunition wird aus Atommüll hergestellt und auch die Soldaten,
welche diese Munition einsetzen, leiden und sterben zusammen mit
ihren Kindern.

Zum lesen: http://www.ippnw.de

Zu den Autoren:

Stephan Birkefeld

Stephan Birkefeld, 1985 in Bruchsal als ältester von drei Kindern geboren, ist gebürtiger Karlsruher.

Sein Wesen ist geprägt durch seine immer während gute Laune und ansteckende

Heiterkeit. Der unerschütterliche Glaube an das Gute im Menschen, den er noch nie in Frage gestellt hat, ist ansteckend und tut gut in Zeiten wie diesen.

Seine innere Unruhe, so völlig untypisch für einen Badener, und das Gefühl nicht schnell genug vorwärts zu kommen sind die treibenden Kräfte in seinem Leben- manchmal anstrengend für die Menschen mit denen er das Leben teilt, doch sind es genau diese Eigenschaften die Stephan zu dem Menschen machen, den seine Freunde, seine Familie und ich, schätzen und lieben.

Ich wünsche meinem Freund viel Glück und Erfolg bei seinen ersten Schritten zur Erfüllung seines Traumes.

Angelina Schäfer

Um mich kurz vorzustellen, ich heiße Angelina und bin 22 Jahre alt. Aufgewachsen bin ich in Hameln und wohne seit sechs Jahren in der Umgebung von Hannover. Zum Schreiben wurde ich durch meinen Vater und meiner Familie motiviert, denn es gab und gibt so viele Situationen in meiner Familie, die man einfach schriftlich festhalten muss.

Widmung

Ich widme diese Geschichte meinen Eltern und meinen Geschwistern, die meine größte Inspiration sind. Dies ist ein Lebensrückblick von mir. Wenn ich heute auf mein Leben zurücksehe, ist es manchmal etwas verwirrend, doch meine Eltern haben mir geholfen Ordnung zu schaffen und darum diese Geschichte.

Ich danke meiner Mama und meinem Papa für mein lehrreiches, lustiges und vor allem sehr schönes Leben. Ohne Euch wäre ich heute nie so wie ich jetzt bin.

Artur Walker

Mein Name ist Artur Walker. Ich bin der Verfasser der Geschichte „Liebestod".

Meine Schule habe ich schon seit längerem zu Ende gebracht. Danach folgte der Zivildienst. Anschließend stand die Berufssuche auf meiner Tagesordnung. Allerdings erweist sich dies schwieriger als gedacht. Stapelweise Absagen tummeln sich auf meinem Schreibtisch, aber einige Bewerbungen sind noch offen.

Meine Familie ist mir sehr wichtig. Ich liebe sie über alles – an dieser Stelle viele liebe Grüße ☺ - Ich bin eigentlich sehr rational zum Leben eingestellt, was mich doch in mancher Hinsicht als sehr, wie eine Freundin sagen würde, beschränkt darstellt. Ein Hoch auf das Individuum! Aus diesem Grund hab ich mich an etwas, für mich schwieriges versucht, dazu aber mehr im Nachwort.

Marcel "Antrá" Schulz

Zu meiner Autorenbeschreibung, : Mein Name ist Marcel Schulz aber meine Freunde
nennen mich Matze. Ich bin in Neubrandenburg geboren, wo ich die meiste Zeit meines
Lebens verbracht habe, bin 23 Jahre alt und vom Sternzeichen Schütze. Was ich
gerne mache ist mit meinen Freunden rum hängen, Musik hören und gutes Wetter
genießen.

Cindy Einhorn - "Mähphisto"

geb. am 03. August 1987 (aufgewachsen im Erzgebirge), gelernte Wirtschaftsassistentin - Fachrichtung Fremdsprachen, leidenschaftliche Zeichnerin. Schon als kleines Kind habe ich meine Vorliebe für die Kunst entdeckt. Meine Lieblingsfächer, neben den Fremdsprachen, waren vor allem Kunst, aber auch Ethik, Geschichte, Chemie und Astronomie. Nach meinem erfolgreichen Berufsabschluss im Juli 2008 zog ich zu meinem Verlobten in einen ländlich gelegenen Ort bei Hannover.

Mein Motto ist: "Ein Werk ist erst dann fertig, wenn der Künstler es sagt!" Deshalb finde ich, dass man Kunst nicht bewerten sollte. Die Kreativität eines Menschen ist unendlich und einzigartig. Obwohl ich nicht so großes Interesse an Schullektüre hegte, hatte mich dennoch ein Werk dazu bewegt, eine Geschichte in Gedichtform zu erzählen. Hinzu kommen die Inspiration von Musik und die Phantasie.

Warum ich gerne zeichne und schreibe, ist meine Begeisterung an Fantasy und dem Mittelalter, sowie die Verarbeitung von persönlichem Empfinden und Erlebnisse.

An dieser Stelle möchte ich allen danken, die mir Mut und Zuversicht gaben, auch wenn das Leben nicht immer leicht ist. Denn von meiner Mutter habe ich gelernt, nachdem man zu Boden gefallen ist, wieder aufzustehen.

Katharina Meyer
Hallo ich bin die Katharina, bin 21 Jahre alt und lebe seit August 1988 in Hannover. Meine Hobbys sind Reiten, Schwimmen, Lesen. In meiner Freizeit verbringe ich viel Zeit mit Freunden. Ich schreibe diese Geschichte, weil ich das, was der Junge mitmachen muss, auch manchmal mitmache.

Florian Riedel
Florian Riedel, 24 Jahre, ist in der Region Hannover aufgewachsen. Seine Geschichte basiert auf einem Traum, den er schon immer aufschreiben wollte. Er vermutet, mit dieser Geschichte vergangene Erfahrungen zu verarbeiten.

„Autor Nr.5"
Autor Nr.5 ist auch Anfang 20 und hat in seiner Kindheit und Jugend einiges erlebt. Seine Geschichte spiegelt diese Erlebnisse wieder.

Jan Noldin
Jan Noldin wurde am 27. Januar 1985 in Lehrte geboren. Aufgewachsen ist er in Ahlten. Nach erfolgreichem Realschulabschluss 2002 fing er seine Ausbildung zum Chemisch- technischen Assistenten an, während der er seine jetzige Frau Nadine kennen lernte. Die Ausbildung brach er 2006 ab.

Zurzeit ist er auf der Suche nach einer neuen Ausbildung im Buchhandel. Die Begeisterung für Bücher entwickelte sich bei Jan erst in der Jugend zu ihrer jetzigen Intensität. Besonders SF-Bücher mit politischem

Hintergrund und fantastische Geschichten inspirieren ihn zu seinen Kurzgeschichten.
Sein größter Wunsch: Einmal eines seiner Bücher in einer Buchhandlung zu kaufen!

Nachwort

Unsere Liebe am Schreiben, ehrliches konstruktives Feedback, ausgesprochener Teamgeist, Toleranz und viel Spaß, sind ausschlaggebend für den Erfolg des Buchprojektes.
Aber auch unzählige Latte Macchiatos und natürlich nicht zu vergessen: Unser Lektor. Mein Mann. Er hat alle Geschichten unermüdlich Korrektur gelesen. Seine schwierigste Aufgabe war es, nur grobe Fehler oder Satzstellungen zu bearbeiten. Denn es sollten die Geschichten der Teilnehmer bleiben. Danke, Liebling.
An dieser Stelle möchte ich mich auch bei Marion Diener von der sozialen & beruflichen Weiterbildung in der Region Hannover bedanken. Ohne sie hätte das Buchprojekt nicht realisiert werden können.
Bei Jan, Cindy, Florian, Marcel, Angelina, Arnim, Artur, Katharina und Stephan möchte ich mich für eine kreative, interessante und schöne Zeit bedanken. Warum ist dieses Nachwort so kurz und knapp? Ich möchte es mit einem, neu erlernten, Wort ausdrücken: Es war mein „geilstes" Projekt. Das sagt alles!